Bianca

UNA OSCURA PROPOSICIÓN
KIM LAWRENCE

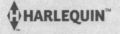

Editado por Harlequin Ibérica.
Una división de HarperCollins Ibérica, S.A.
Núñez de Balboa, 56
28001 Madrid

© 2016 Kim Lawrence
© 2016 Harlequin Ibérica, una división de HarperCollins Ibérica, S.A.
Una oscura proposición, n.º 2481 - 27.7.16
Título original: One Night to Wedding Vows
Publicada originalmente por Mills & Boon®, Ltd., Londres.

I.S.B.N.: 978-84-687-8440-3
Depósito legal: M-13657-2016
Impresión en CPI (Barcelona)
Fecha impresion para Argentina: 23.1.17
Distribuidor exclusivo para España: LOGISTA
Distribuidores para México: CODIPLYRSA y Despacho Flores
Distribuidores para Argentina: Interior, DGP, S.A. Alvarado 2118.
Cap. Fed./Buenos Aires y Gran Buenos Aires, VACCARO HNOS.

Capítulo 1

S ERGIO di Vittorio entró en el Casino. Iba con dos hombres altos, de trajes oscuros, que lo seguían a escasa distancia. Y, aunque no se podía decir que la gente se hubiera quedado en silencio al ver al anciano y elegante aristócrata, era innegable que se había creado un ambiente de expectación.

Raoul, que estaba apoyado en una de las columnas de mármol, miró al recién llegado con una sonrisa irónica no exenta de cariño. A fin de cuentas, se trataba de su abuelo. Pero, mientras lo miraba, siguió atento al hombre de mediana edad que seguía derrochando dinero en la ruleta. Era como ver un accidente de tráfico en directo; un accidente que tendría consecuencias en la vida de otras personas. Quizá, de su esposa y de sus hijos. Si es que los tenía.

Sin embargo, Raoul pensó que no tenía derecho a juzgar a los demás. Cada cual elegía sus propios vicios, y él no era una excepción. De hecho, el brillo de sus oscuros ojos no se debía al humor con el que contemplaba la escena, sino al brandy que degustaba.

Su actitud cambió radicalmente cuando vio que su abuelo se estaba acercando. Entonces, Raoul se apartó de la columna y se puso muy recto. El patriarca de los Di Vittorio era un hombre de opiniones estrictas en lo tocante a la etiqueta y a otras muchas cosas, empezando con el juego. Aunque ese detalle no tenía nada de particular, teniendo en cuenta que su hijo, el padre de Raoul, se había pegado un tiro en la cabeza cuando sus inmensas deudas de juego pasaron a ser de conocimiento público.

Sergio podría haber evitado el escándalo por el sencillo procedimiento de pagar sus deudas, que apenas eran calderilla para él. Pero, en lugar de eso, le dijo que era su problema y que lo debía resolver por sus propios medios.

Como tantas veces, Raoul se preguntó si su abuelo se sentiría culpable por haberlo dejado en la estacada; y, como tantas veces, llegó a una conclusión negativa. En el mundo de Sergio no había espacio para la duda. Se creía en posesión de la verdad.

Sin embargo, Raoul no se enfadó al principio con su abuelo, sino con su padre. Por entonces era un niño, y no podía comprender la intensidad de la desesperación y los sentimientos autodestructivos que lo habían llevado a quitarse la vida. Solo sabía que su padre lo había dejado solo. O prácticamente solo, porque aún tenía a su hermano mayor: a Jamie, que cuidó de él hasta que él aprendió a cuidar de sí mismo.

Había pasado mucho tiempo, pero se acordaba perfectamente del día en que Jamie le dio la terrible noticia. Aún veía su expresión de tristeza. Aún notaba su cálido abrazo. El momento se le había quedado grabado en la memoria, con detalles tan precisos como el tictac del reloj de pared y el tono profundo de la voz de Sergio cuando les informó de que se irían a vivir a su casa.

Raoul sacudió la cabeza y alzó su copa en silencioso saludo a los muertos. Aquel día no derramó ni una sola lágrima en público. No quería mostrarse débil delante de su abuelo, así que las reservó para la intimidad de su dormitorio. Y, con el transcurso de los años, terminó por no llorar en ninguna circunstancia. Era como si hubiera perdido la capacidad.

Pero ¿qué importaba eso? Por muchas lágrimas que derramara, no le devolverían a su padre. Ni al propio Jamie, a quien también había perdido.

—Te hemos echado de menos en el velatorio —dijo Sergio al llegar a su altura—. ¿Qué haces en el casino? No me digas que vas a seguir los pasos de tu padre.

—Bueno, es una posibilidad —replicó con sorna—. Dicen que la personalidad adictiva es hereditaria.

Sergio se encogió de hombros.

—Sí, eso dicen.

—Y seguro que te lo has planteado.

—No, en absoluto —declaró su abuelo—. Tú no eres adicto al juego, sino a la adrenalina. Eres igual que... —Sergio dejó de hablar de repente, y tuvo que tragar saliva para seguir adelante—. Tu hermano... Jamie siempre decía que...

—Que si no me mataba escalando, me mataría al volante de alguno de mis coches —lo interrumpió Raoul, incapaz de soportar la angustia de su abuelo.

El destino les había jugado una mala pasada. Nadie habría imaginado que sería Jamie quien moriría joven. Y no al volante de ningún deportivo, como había dicho irónicamente sobre él, sino por la simple y pura razón de que la vida era injusta.

—No esperaba que aparecieras en un sitio como este

–continuó Raoul–, aunque admito que sabes mucho de entradas grandiosas... Has despertado el interés de todo el mundo.

Era cierto. A sus ochenta y tantos años, Sergio di Vittorio seguía siendo imponente: un hombre alto y vestido siempre de negro cuya corta melena de cabello canoso reflejaba la luz de las lámparas de araña.

–La gente ha preguntado por ti, Raoul.

Raoul miró a su abuelo en silencio y echó otro trago de brandy. Si su estado emocional no hubiera sido tan lamentable como era, habría sentido curiosidad por la presencia de Sergio en el casino. Pero no tenía ánimos para nada. Sentía un frío intenso, que el alcohol no podía aliviar. Un frío interior, sin relación alguna con la temperatura del ambiente.

–Tenemos que hablar –insistió Sergio.

Su nieto hizo caso omiso.

–Raoul...

–Ya estamos hablando, abuelo.

–Me refería a hablar en privado.

Sergio hizo un gesto brusco con su leonina cabeza para indicarle que lo siguiera. Raoul estuvo a punto de desobedecer, pero se lo pensó mejor y lo acompañó al interior de una salita donde no había nadie.

En cuanto cerraron la puerta, el patriarca de los Di Vittorio lo miró a los ojos y dijo:

–Tu hermano ha muerto.

A Raoul se le ocurrieron un montón de réplicas iró-nicas, que se abstuvo de pronunciar. Era perfectamente consciente de que su hermano había muerto. Lo había encontrado él en el suelo de la cocina, y no se podía quitar la imagen de la cabeza. Al parecer, había sido por un aneurisma. Jamie no lo sabía, pero llevaba una bomba de relojería en el pecho.

–¿Qué me quieres decir? ¿Que la vida sigue?

–No, no sigue para todos –contestó Sergio–. Me estoy muriendo, Raoul.

Raoul guardó silencio y se sentó en uno de los sillones de la salita. No lo quería creer. Había perdido a todos sus seres queridos: su padre, su hermano, la madre a la que apenas recordaba. Incluso había perdido a su esposa, aunque no se podía decir que su relación con Lucy hubiera sido buena. Y ahora, también iba a perder a su abuelo.

–Tengo un cáncer inoperable –declaró Sergio con toda tranquilidad–. Me han dado seis meses de vida.

Raoul sacudió la cabeza.

–No, eso no es posible...

Sergio se encogió de hombros.

–Las cosas son como son, Raoul. Aunque hay algo que me preocupa bastante más... Ya sabes que la continuidad de la familia es importante para mí.

Raoul suspiró, pero no dijo nada.

–Tu hermano no pudo tener un heredero.

–Por Dios... ¿tenemos que hablar de eso ahora? –preguntó Raoul, angustiado–. Jamie acaba de morir. ¿No lo podemos dejar para otro día?

–El tiempo es un lujo del que ya no dispongo –Sergio dio un paso adelante y le puso las manos sobre los hombros–. Raoul, tienes que seguir con tu vida. Lucy ya no está.

–He seguido con mi vida...

–No me refiero a que te acuestes con todas las mujeres que se cruzan en tu camino.

La crudeza de su abuelo, impropia de él, sirvió para que Raoul reaccionara.

–¿No hay duda alguna sobre el diagnóstico?

–No.

Raoul era consciente de que a Sergio le disgustaban las demostraciones de afecto, así que se limitó a decir que lo sentía. Además, nunca había sido tan cariñoso como Jamie. Había aprendido que ocultar los sentimientos tenía sus ventajas.

–Ya me he encargado de tu herencia y del traspaso de las propiedades. Te guste o no, vas a ser un hombre muy poderoso.

Raoul no dijo nada.

–El poder implica responsabilidades –continuó Sergio, en tono de advertencia–. Y naturalmente, también implica dinero. Pero eso no es tan importante como el hecho de que, a partir de ahora, todo dependerá de ti... Si no tienes un hijo, nuestra familia se acabará contigo.

–Y ahora me dirás que es tu último deseo, claro –ironizó Raoul–. El último deseo de un moribundo.

–En efecto.

–Eso es chantaje emocional.

–Raoul, es posible que no llegue a conocer a mis nietos...

Sergio bajó la mirada con tristeza, pero su momento de debilidad duró poco. Segundos más tarde, sus ojos volvían a arder con implacable determinación.

–Sin embargo, quizá viva lo suficiente para verte con una mujer que te pueda dar hijos. Tienes que asumir la realidad de una vez por todas. Lucy ya no está. Es hora de que lo aceptes.

Raoul recordó la bella, sonriente y traicionera cara

de Lucy. Sergio hablaba como si la echara de menos, pero no era verdad. ¿Cómo iba a extrañar a una persona esencialmente tóxica?

Su problema no tenía que ver con la nostalgia. Y tampoco se podía decir que el fracaso de su matrimonio lo hubiera amargado hasta el punto de que ahora odiara a todas las mujeres. De hecho, adoraba a las mujeres. Su problema estaba bastante más cerca: era él mismo. Había cometido un error muy grave al casarse con Lucy, y ya no se fiaba de su propio criterio.

Sergio tenía razón al acusarlo de perder el tiempo con una sucesión interminable de amantes. Pero Raoul no actuaba así por casualidad. Las aventuras amorosas servían para satisfacer sus necesidades sexuales sin correr el riesgo de enamorarse otra vez de una mujer equivocada. Y, aunque tenía la sensación de que le faltaba algo, había aprendido a vivir con ello.

–¿Se te ocurre alguna candidata?

Sergio hizo caso omiso de su ironía.

–Evidentemente, la decisión es tuya.

–Qué generoso eres...

–No estoy bromeando, Raoul. La familia es importante. Y no quiero morirme sabiendo que mi único heredero es un ligón de tres al cuarto. Es hora de que asumas tu responsabilidad.

–¿Y qué quieres que haga? ¿Que ponga un anuncio, como si fuera un empleo, y entreviste a las interesadas? ¿O me estás pidiendo que siga los designios de mi corazón? –dijo con sorna.

–No sería mala idea.

–¿Cuál? ¿La del anuncio? ¿O la del corazón?

Su abuelo lo miró con dureza.

–La del anuncio, por supuesto. A veces, conviene poner las cosas por escrito. Y, por otra parte, es obvio que tu esposa debería tener determinadas... cualidades... que...

Sergio se tambaleó súbitamente y extendió un brazo en busca de socorro. Al verlo así, el resentimiento de Raoul desapareció al instante. Le pasó un brazo alrededor de la espalda y lo ayudó a sentarse en la silla que estaba más cerca.

Hasta entonces, no había querido creer que su abuelo se estuviera muriendo de verdad. Y se dio cuenta de que no podía hacer nada al respecto, como tampoco había podido hacer nada ante la gripe que mató a su madre, la bala con la que se suicidó su padre y el aneurisma que se había llevado a su hermano. Por mucho que le disgustara, estaba a punto de convertirse en el último miembro de su familia.

Sin embargo, había algo que sí podía hacer. Si Sergio le hubiera pedido un riñón para un trasplante, no lo habría dudado ni un segundo. Entonces, ¿por qué dudaba ante su petición de que sentara la cabeza? En cierto sentido, era lo mismo.

–Llamaré a una ambulancia.

–No, no... –dijo Sergio con vehemencia–. No quiero hospitales. Solo ha sido un mareo, y ya se me ha pasado... Además, no puedo hacerte eso en un día como este... Tu hermano habría dicho que soy un viejo egoísta.

–Jamie te adoraba, abuelo.

–Jamie adoraba la vida.

Raoul asintió y fingió no ver las lágrimas que habían aflorado a sus ojos.

–¿Sabes una cosa? No me estás pidiendo nada que no me haya planteado yo mismo –mintió Raoul.

–¿Lo dices en serio?

–Por supuesto. No me vuelvo más joven con el paso de los años.

–¿Me estás diciendo que quieres fundar tu propia familia?

–Bueno... es un instinto natural, ¿no? –replicó Raoul–. ¿Seguro que no quieres que llame a una ambulancia?

–No es necesario. Carlo se encargará de mí... –dijo con debilidad–. Ya te he dicho lo que puedes hacer. Y quiero que sepas que, a pesar de los pesares, tú y tu hermano habéis dado sentido a mi vida... Un sentido que el dinero no me habría podido dar. Lamento no haber sido mejor abuelo para vosotros.

Raoul miró a Sergio con afecto. Nunca había sido un hombre cariñoso, pero no podía negar que había estado siempre a su lado y al de su difunto hermano.

–¿Me estás diciendo que aprenda de tus errores? –bromeó.

–No te serviría de nada, porque estoy seguro de que cometerás tus propios errores. Todo el mundo los comete –ironizó.

Raoul sonrió.

–De todas formas, te puedo dar un consejo que tal vez te resulte útil –continuó Sergio–. Si decides sentar cabeza con una mujer, no la elijas por su aspecto externo. Evidentemente, nadie espera que termines en compañía de alguien que no te guste...

–Me alegro de saberlo –lo interrumpió.

–Puede que lo que digo suene un poco frío, pero...

–¿Debo tomar notas? –se burló.

Raoul pensó que a Jamie le habría hecho gracia su comentario. Los dos tenían el mismo sentido del humor. O, más bien, lo habían tenido, porque su hermano había dejado de existir.

–Tienes que ser práctico –continuó Sergio–. Las cosas importantes no se pueden dejar en manos de la suerte. Y eso incluye el matrimonio... Es un contrato, Raoul. Hay que afrontarlo con la misma seriedad que dedicarías a cualquier otro tipo de contrato.

–Sí, supongo que tienes razón –dijo su nieto, incómodo–. ¿Quieres que llame a Carlo?

Raoul no esperó a que contestara. Abrió la puerta y lo llamó antes de que Sergio pudiera seguir con su discurso matrimonial.

Carlo apareció segundos más tarde con una camarera que llevaba una bandeja. Tras una señal del guardaespaldas, la camarera dejó la bandeja en la mesa y se marchó. Luego, el enorme hombre alcanzó la tetera, sirvió su contenido y salió rápidamente.

–Es de pocas palabras, ¿eh? –ironizó Raoul.

–Es curioso que lo digas tú, teniendo en cuenta que tienes el mismo carácter –comentó Sergio–. En cambio, Jamie hablaba hasta por los codos.

El té pareció animar a su abuelo, y Raoul ya estaba a punto de marcharse cuando vio que Sergio lo miraba con una intensidad extraña. Supuso que querría retomar la perorata del matrimonio y las cosas prácticas de la vida, y se llevó una sorpresa cuando dijo:

–Hay algo que te quiero preguntar... Estoy sopesando la idea de hacer una generosa donación al Hospital Universitario para que abran un ala nueva. Y se me ha ocurrido que debería llevar el nombre de tu hermano –declaró–. ¿Crees que a él le habría parecido bien?

–Sí, por supuesto, estoy seguro de que le habría gustado. Pero ¿por qué me lo preguntas a mí? Deberías preguntárselo a Roberto...

Raoul se refería a la pareja de su difunto hermano, que precisamente era neurólogo del hospital en cuestión. Sergio se quedó pensativo y, al cabo de unos momentos, dijo:

–Habló bien en el entierro.

–Sí, es cierto.

–Bueno... puede que se lo consulte. Pero basta de conversación. Acompáñame al coche.

Contento de que su abuelo hubiera recuperado su actitud dictatorial, lo siguió al exterior de la sala y del intensamente iluminado casino.

Hacía bastante calor, como tuvieron ocasión de comprobar cuando salieron del edificio. La frente de Sergio se cubrió de sudor en cuestión de segundos; y Raoul, que seguía preocupado por su salud, le ofreció una mano para ayudarlo a subir al coche. Sin embargo, su abuelo la rechazó.

–¿Te llamo mañana?

Sergio sacudió la cabeza.

–No, la semana que viene, como habíamos planeado. Aún me queda tiempo de vida.

Mientras el coche se alejaba, Raoul se preguntó si mentir a un hombre moribundo era ético. Pero fue una pregunta retórica. Ya le había mentido, y tendría que mentir mucho si quería engañar a su abuelo y asegurarse de que muriera feliz.

–Maldita sea...

Sacudió la cabeza y empezó a caminar. No quería pensar en la muerte. Ya había sufrido demasiadas pérdidas. Y ahora, por si eso fuera poco, la enfermedad de su abuelo lo iba a obligar a cambiar de vida y a asumir una serie de responsabilidades que nunca había querido.

Pero ¿qué podía hacer? Sergio tenía razón. Estaba a punto de convertirse en el último Di Vittorio. Cuando su abuelo muriera, solo quedaría él.

Capítulo 2

¡VALE! ¡Me acostaré con el primer hombre que se cruce en mi camino!

Segundos después de haber pronunciado esa frase, Lara pensó que su dignidad había sufrido un duro golpe. Se había comportado como una adolescente en plena pataleta. Y no solo por la amenaza de acostarse con cualquiera, sino por su forma de marcharse: pegando un portazo tan fuerte que hasta el marco tembló. Pero no lo había podido evitar. Mark la había sacado de sus casillas.

El primer hombre que se cruzó en su camino fue un tipo calvo y de mediana edad, que la miró con preocupación al ver las lágrimas que corrían por sus mejillas. Era el dueño del hotel donde Mark y ella habían reservado habitaciones para pasar un fin de semana romántico. Sin embargo, Lara pasó a su lado sin detenerse y, por supuesto, sin hacerle ninguna proposición de carácter sexual.

¿Cómo podía haber sido tan idiota? Se había engañado a sí misma, como tantas veces. Había creído que Mark era distinto, y no lo era.

Durante unos momentos, Lara intentó resistirse a su propio victimismo. Sabía que era un defecto, y no precisamente atractivo. Pero fracasó, y se empezó a repetir que a Lily no le habría pasado una cosa así. Ningún hombre se habría atrevido a llevarla a un hotel y reaccionar como si lo hubieran estafado al descubrir que era virgen. Si es que lo era.

Lara frunció el ceño. A decir verdad, no sabía nada sobre su vida amorosa. No hablaban de sexo desde que, una vez, cuando tenían dieciséis años, se presentó en una fiesta del instituto con un chico que también le gustaba a Lily.

¿Sería posible que su hermana se le hubiera adelantado?

Lara tuvo la sensación de que el destino le estaba tomando el pelo. Lily siempre había sido la más sensata y conservadora de las dos. No era una rebelde como ella. Y, desde luego, no cargaba con su injusta fama de tener más amantes que bolsos.

—¡Odio a los hombres! —exclamó, fuera de sí—. ¡Odio a Mark Randall!

Tras medio minuto de lágrimas y sollozos, Lara se tranquilizó lo suficiente como para plantearse el asunto desde una perspectiva distinta. Sí, Mark era un canalla; pero, al menos, lo había descubierto antes de acostarse con él. Y, por otra parte, no podía negar que la culpa era exclusivamente suya.

Se había dejado engañar por sus propias inseguridades. Buscaba un amor seguro, tranquilo, sin los sobresaltos de una pasión desenfrenada; y creyó haberlo encontrado en los cálidos ojos de su jefe, quien seguramente era el único hombre de todo el edificio que no había intentado ligar con ella. Además, Mark reconocía su trabajo. La trataba de igual a igual, como si no la considerara una simple cara bonita adjunta a un cuerpo deseable. Como si no la considerara un simple objeto sexual.

De hecho, era tan serio y profesional que no habría

dado el primer paso si ella no hubiera tomado la iniciativa. Harta de esperar, se dedicó a provocarlo para hacerle saber que lo deseaba y que podía hacer algo más que archivar documentos. Pero no había sido fácil. Mark parecía inmune a sus encantos, y Lara ya había empezado a perder la esperanza cuando, de repente, le propuso que pasaran un fin de semana en Roma.

Por fin había conseguido lo que quería. Lo que había estado buscando durante tanto tiempo.

Solo había un problema: que Lara no estaba dispuesta a renunciar a su libertad a cambio del amor. Le gustaba salir, divertirse y disfrutar de la compañía de los hombres en un sentido casi platónico, porque nunca se había acostado con nadie. Pero su lúdica existencia confundía a muchos, que la malinterpretaban y la tomaban por una especie de seductora.

Convencida de que su relación con Mark no iría a ninguna parte si guardaba secretos, decidió hablarlo con él y aclararle que, a pesar de su mala fama, seguía siendo virgen. La oportunidad llegó esa misma noche, antes de que se enfadara con él y saliera del hotel a toda prisa. Mark estaba leyendo un mensaje de su tío, el presidente de la empresa donde trabajaban, cuando declaró:

—Hay que ser cínico. Mi tío se atreve a hablar de los valores familiares y del error de tener aventuras sexuales cuando...

—¿Mark? —lo interrumpió ella.

—¿Sí?

—Yo tampoco mantengo relaciones de una sola noche.

—Ah, vaya... —dijo, desconcertado—. Bueno, esto no es una relación de una sola noche. Vamos a estar aquí todo el fin de semana.

–Creo que no me has entendido. Quería decir que nunca he tenido una aventura.

Mark se guardó el teléfono.

–¿A qué viene eso? ¿Es que tienes novio y te asusta la posibilidad de que...?

–Si tuviera novio, no estaría aquí.

–¿Seguro que no lo tienes? –preguntó, mirándola con desconfianza.

Ella sacudió la cabeza.

–No, no tengo novio. Tú eres el primero.

–Tampoco exageres... El hecho de que vayamos a pasar juntos el fin de semana no significa que seamos novios. Es demasiado pronto para...

–¡Me refería a que eres mi primer amante! –exclamó.

Mark rompió a reír, pensando que Lara le estaba tomando el pelo. Pero, al ver que ella no lo encontraba gracioso, se quedó helado.

–¿Estás hablando en serio?

–Completamente.

–Pero eso no es posible... siempre has sido...

–¿Fácil? –replicó ella, indignada.

–No, eso no es lo que iba a decir.

–Entonces, ¿qué ibas a decir?

–No lo sé, la verdad... Debes admitir que fuiste muy evidente conmigo –observó, nervioso–. Y Ben, del departamento de marketing, me comentó que...

–¿Qué?

Él se pasó una mano por el pelo.

–Oh, Dios mío... No me puedo acostar con una mujer virgen. Yo no hago esas cosas. Es demasiada responsabilidad... Además, pensé que solo te querías divertir un poco, y cuando Carol me dijo que no me podría ver ese fin de semana...

–¿Carol? ¿Quién es Carol?

–No la conoces. No trabaja en la oficina –dijo–. Ella es mi... bueno, no es que estemos saliendo, pero...

–Ah, ahora lo entiendo. Tu novia no te podía ver y tú decidiste echar una cana al aire.

–¡Yo no sabía que fueras virgen! –se defendió.

–Lo siento. Supongo que es culpa mía, por no hacerte leer la letra pequeña de nuestro contrato. ¿Qué te parece si me voy un momento, me pongo un liguero y vuelvo más tarde? Así no te daré la sensación de ser una primeriza –dijo con sorna.

–No es mala idea.

Lara no lo pudo creer. Mark no había pillado la ironía. Creía que estaba hablando en serio.

–¿Sabes una cosa? ¡No me acostaría contigo ni aunque me dieras un cargo en la dirección de la empresa! Y, por cierto... la próxima vez que quieras tener una aventura, lleva a tu amante a un lugar más digno. ¡Este hotelucho apesta!

Aquel fue el final de su conversación. Lara dio media vuelta y se marchó sin más. Se sentía profundamente herida; pero, sobre todo, profundamente enfadada con su propia estupidez. Había elegido a un hombre que estaba saliendo con otra y, por si eso fuera poco, la había llevado a uno de los establecimientos más baratos de la ciudad.

Mientras rememoraba la escena, Lara cayó en la cuenta de dos cosas importantes: la primera, que se había dejado el bolso y el teléfono en la habitación del hotel; y la segunda, que no sabía dónde estaba.

Dejó de caminar y echó un vistazo a su alrededor. No tenía muchas opciones; podía seguir andando, intentar volver sobre sus pasos o preguntarle a alguien por la dirección del hotel, que parecía lo más lógico. Pero la calle estaba desierta.

Segundos más tarde, apareció un grupo de cinco o seis jóvenes que armaban tanto jaleo como si fueran veinte. Lara notó que habían bebido y decidió marcharse de allí, consciente de que el alcohol y el exceso de testosterona podía ser una combinación problemática. Sin embargo, sus zapatos de tacón alto le impidieron alejarse con suficiente rapidez. Y, cuando los chicos la vieron, le empezaron a silbar y a decir todo tipo de cosas.

Lara hizo caso omiso. Siguió adelante e intentó mantener la calma, convencida de que, en cualquier momento, se cruzaría con la policía o con algún adulto, que indudablemente saldría en su defensa. Pero, justo entonces, pisó mal y se rompió un tacón.

–¡Ay...!

Los jóvenes rompieron a reír, y a Lara le pareció tan indignante que perdió el miedo. A fin de cuentas, solo eran unos cuantos adolescentes.

Ya no era la mujer insegura que lloraba y lloraba porque su amante había resultado ser un estúpido. Las carcajadas de aquellos chicos le habían devuelto el valor y el carácter de la verdadera Lara, una persona perfectamente capaz de cuidar de sí misma.

Decidida a plantarles cara, se quitó el zapato roto y se giró hacia ellos, sin reparar en el hombre alto que surgió en ese momento de una calle lateral, Raoul di Vittorio.

Al verla, Raoul se quedó fascinado. En primer lugar, por su belleza, enfatizada por un vestido rojo que se ajustaba lujuriosamente a sus curvas; y en segundo lugar, por su valor, porque se dirigía hacia un grupo de jóvenes como una guerrera dispuesta al combate. Pero eso no le sorprendió tanto como el hecho de que llevara un zapato en la mano y de que, a pesar de ello, se las arreglara para caminar con dignidad.

Aún no había salido de su asombro cuando se fijó en su cara. Y fue una especie de revelación. Era preciosa. De nariz recta, pómulos altos, cejas largas y unos labios que habrían vuelto loco a cualquiera.

−¿No tenéis nada mejor que hacer? −bramó ella−. ¿No se os ocurre nada más divertido que molestar a una mujer sola? ¡Sois absolutamente patéticos! ¡Vuestras madres se avergonzarían de vosotros si supieran lo que estáis haciendo!

Los chicos retrocedieron, asustados. Pero, antes de marcharse, uno de ellos la miró y dijo, nervioso:

−Discúlpenos, señorita. Es que es tan sexy que...

Raoul pensó que tenía razón. No había visto a una mujer tan sexy en toda su vida. Y, por supuesto, tampoco había conocido a ninguna mujer capaz de enfrentarse a una situación tan problemática de un modo tan expeditivo.

¿Quien era aquella brava y alocada pelirroja?

Mientras se lo estaba preguntando, ella se inclinó para frotarse el tobillo y provocó que el vestido rojo se tensara sobre sus pecaminosas caderas. Evidentemente, no pretendía provocar a los jovencitos; pero la visión de su fantástico *derriere* los hizo cambiar de actitud, hasta el punto de que el chico que se había disculpado avanzó como un lobo hacia un cordero.

Raoul supo que la situación se iba a complicar, así que apretó los puños y salió de entre las sombras con una sonrisa en los labios. Por fin había encontrado el modo de desahogarse. Y con un objetivo que merecía una buena lección.

El coraje de Lara se esfumó cuando el chico empezó a caminar hacia ella. Tenía miedo, y se sentía terriblemente vulnerable. Ardía en deseos de salir corriendo, pero sus pies parecían tan clavados a la acera como los del resto de los adolescentes, que se habían detenido y se limitaban a mirar.

El instinto la empujó hacia una de las farolas, como si su luz ofreciera algún tipo de seguridad. Después, se llevó una mano al oído y empezó a hablar, fingiendo que había llamado a alguien por teléfono. Pero, tras unos momentos de confusión, los chicos se dieron cuenta de su ardid; y, en lugar de disuadirlos, los incitó todavía más.

El grupo la rodeó por completo. Lara se maldijo a sí misma por no haber huido cuando aún podía, consciente de que se había quedado a merced de los jóvenes. Ya no tenía más opción que gritar. Y estaba a punto de hacerlo cuando se oyó una voz masculina.

—¿Dónde estabas? Te dije que te esperaría en la puerta del casino.

Los adolescentes se giraron hacia él, que los miró con desdén y una sonrisa sarcástica, porque era obvio que no tenían intención alguna de enfrentarse a un hombre adulto.

–¿En el casino? –dijo ella, comprendiendo lo que intentaba hacer–. No... dijiste que iríamos más tarde...

Raoul admiró sus ojos de color esmeralda y, a continuación, clavó la vista en sus labios, que sonreían tímidamente.

–¿Me estás acusando de llegar con retraso? –preguntó él–. Yo he sido puntual. La culpa es tuya por llegar antes de tiempo.

Ella se inclinó para ponerse el zapato roto, ofreciéndole otra visión preciosa de su delicioso trasero.

–Tienes suerte de que sea tan comprensiva.

Aunque no lo parecía, Lara estaba sumida en la más absoluta de las confusiones. Le había seguido el juego porque era una forma perfecta de librarse de los adolescentes, pero se sentía como si hubiera saltado de la sartén al fuego. Y tenía motivos para ello: la cercanía física de su salvador le había producido un efecto inquietantemente excitante. Como si sus venas se hubieran llenado de champán.

Estaba ante el hombre más sexy que había visto nunca. Su cara era una combinación perfecta de virilidad y sensualidad; un milagro de ojos oscuros, pómulos afilados, nariz recta y labios de sonrisa irónica. Resultaba abrumadoramente masculino, y aún se lo pareció más cuando se fijó en sus hombros anchos y su cuerpo de atleta, apenas disimulado bajo un traje de color negro.

Nerviosa, se acercó a él y preguntó en voz baja:

–¿Aún siguen ahí?

–Solo quedan un par. Los demás se han ido.

Lara se preguntó cómo lo sabía, teniendo en cuenta que no había apartado la vista de sus ojos. Pero no dijo nada al respecto. Estaban tan cerca que cualquiera los habría tomado por amantes, y se sentía tan atraída por él que no se pudo resistir a la tentación de ponerle una mano en el brazo.

–Me has salvado... –acertó a decir.

–Ha sido un placer.

–Sé que he hecho una tontería. He perdido los estribos y me he puesto en una situación problemática... Será por el día que llevo.

–Te comprendo perfectamente. Yo también he tenido uno de esos días.

Lara notó que se había establecido una conexión extraña entre ellos. Y también notó que el ambiente se había cargado de sexualidad.

–¿Te he dado ya las gracias?

Raoul sonrió.

–No es necesario que me las des. Lo habrías solucionado por ti misma.

–Yo no estoy tan segura de eso, pero gracias de todas formas... Por cierto, ¿cómo te llamas?

–Raoul. Raoul di Vittorio.

–Encantada de conocerte. Yo soy Lara Gray.

Lara echó la cabeza hacia atrás, se puso de puntillas y le dio un beso de agradecimiento. Sabía que se estaba arriesgando demasiado, pero lo deseaba con toda su alma. Y ya se disponía a romper el contacto cuando él le devolvió el beso y despertó en ella una pasión que no había sentido en toda su vida.

¿Qué le estaba pasando?

Era la misma pregunta que sonaba en la mente de Raoul. No tenía intención de dejarse llevar; pero, al igual que Lara, había sido incapaz de refrenarse.

–Oh, Dios mío...

Lara se apartó y se pasó la lengua por los labios. Quería besarlo otra vez, pero no se atrevió. Su corazón latía con la velocidad de un caballo desbocado, y todos los músculos de su estómago estaban tensos.

–¿Estás borracho? –dijo ella, haciendo un esfuerzo por escapar del hechizo.

–No estoy totalmente sobrio, pero tampoco borracho –respondió–. ¿Y tú?

Lara sacudió la cabeza y preguntó:

–¿Sales con alguien?

–No. Estuve casado, pero ya no lo estoy.

–Me alegro...

Raoul volvió a sonreír.

–¿Te han dicho alguna vez que eres absolutamente preciosa?

–Sí, alguna vez. Pero esto es una locura.

–Las locuras pueden ser buenas... –alegó.

–¿Tú crees?

–Por supuesto que lo creo –contestó–. Pero ¿de dónde has salido?

–No estoy segura, la verdad.

–Entonces, diré que eres un ángel caído del cielo... –Raoul alzó una mano y le acarició el labio inferior–. ¿Tienes novio?

–No, ya no.

–¿Y qué vas a hacer ahora?

–Irme contigo –respondió Lara–. Si quieres.

En otras circunstancias, Raoul habría rechazado la tentación. Lara le gustaba demasiado, y no se quería arriesgar a cometer otro error en materia de mujeres.

Pero aquella noche necesitaba desahogarse. Estaba cansado de vivir en el dolor.

Además, su mente estaba en calma por primera vez desde la muerte de Jamie. Ya no oía las palabras que había pronunciado el pobre Roberto cuando le informó de lo sucedido: «¿Qué voy a hacer sin él? Se ha ido, Raoul. Se ha ido para siempre... Para siempre». Habían dejado de sonar. Se habían esfumado, llevándose una parte de su desesperación.

Raoul se sintió culpable durante un par de segundos. ¿Cómo era posible que solo quisiera acostarse con esa mujer? ¿Era ético que el deseo se impusiera al luto? ¿Qué habría hecho Jamie en esa situación? ¿Se habría dejado seducir?

No lo sabía, pero apartó esos pensamientos y volvió a mirar a Lara. Si hubiera creído en el destino, habría pensado que aquella mujer formaba parte de un plan universal que él desconocía. La habría tomado por una especie de regalo o de compensación.

—Claro que quiero —contestó.

Lara suspiró, satisfecha.

Menos mal...

Raoul soltó una carcajada y dijo:

—Nunca había conocido a nadie como tú.

—Pues tengo una hermana gemela. Y es igual que yo.

Él echó un vistazo a su alrededor.

—¿Está por aquí?

—No.

—Bueno, solo era una broma...

Raoul divisó entonces un taxi y lo llamó. Lara se volvió a preguntar si estaba haciendo lo correcto. Todo había pasado tan deprisa que no había tenido ocasión de analizarlo. ¿Qué debía hacer? ¿Marcharse con su salvador? ¿Qué era lo adecuado?

Se sentía como si estuviera en un sueño y nada fuera real. Pero, cuando el taxi se detuvo y Raoul le abrió la puerta, Lara supo dos cosas: que quería acostarse con él y que aquello no era ningún sueño.

Capítulo 3

ESTÁS bien, Lara?
Ella asintió con nerviosismo, pero su miedo se convirtió en deseo al sentir la mano de Raoul, que se cerró brevemente sobre la suya.

–¿No te duele el tobillo? –continuó él.

–¿El tobillo? –preguntó ella, que ya ni se acordaba–. Ah, no... ya no me duele. Me lo he torcido, pero me encuentro mucho mejor.

Lara quiso demostrar que no había sufrido ningún daño, así que se levantó un poco la falda. Y cuando volvió a mirar a Raoul, descubrió que estaba admirando su pierna.

Al cabo de unos segundos, él alzó la cabeza y se dirigió al taxista en italiano para darle la dirección; pero no antes de dedicar a Lara una mirada intensa que reavivó sus temores. Volvía a estar asustada. Y no de él, sino de su propio deseo.

Raoul no intentó acercarse ni pasarle el brazo por encima de los hombros. Si alguien se hubiera fijado en ellos, habría pensado que eran dos desconocidos que se habían visto obligados a compartir un taxi. Pero el ambiente seguía cargado de sexualidad.

Lara estaba lejos de sentirse segura. No sabía lo que estaba haciendo. No sabía adónde iban y, desde luego, tampoco sabía gran cosa de su acompañante. Incluso llegó a pensar que, en cierto modo, su comportamiento daba la razón a Mark: se iba a acostar con un hombre al que acababa de conocer, lo cual parecía confirmar su fama de libertina.

Sin embargo, la opinión de Mark le importaba tan poco como su falsa e inexacta fama. Nunca había sido la persona que los demás creían. Se había limitado a interpretar un papel, a fingirse liberada. Pero eso iba a cambiar. Y estaba segura de que sería una experiencia profundamente satisfactoria.

Lara se acordó en ese momento de una anécdota sin importancia que le había dado mucho que pensar. Días antes, había salido a tomar unas copas con su amiga Jane y algunas compañeras de trabajo. En determinado momento, Jane se puso a hablar del hombre con el que había empezado a salir, y comentó que la volvía loca de deseo.

Lara se sumó a las risas de las demás y, al igual que ellas, hizo algunos comentarios sobre lo que se sentía en esos casos. Sin embargo, no tenía la menor idea. Nunca se había encontrado en esa situación. Y, por otra aparte, tampoco le agradaba la idea de perder la cabeza por nadie.

Pero el destino debía de estar jugando con ella, porque la acababa de perder.

Incómoda, interrumpió su diálogo interno y se giró hacia Raoul, que seguía rígidamente sentado, con las manos sobre los muslos. Había algo extraño en aquel hombre, una especie de oscuridad insondable que aumentaba la austera belleza de su rostro.

–Si lo prefieres, te puedo llevar a tu hotel –dijo él.

La oferta de Raoul la tranquilizó al instante. No estaba obligada a acostarse con él. Podía hacer lo que quisiera. Y ya lo había decidido.

–No quiero que me lleves al hotel. Te quiero a ti.

Raoul asintió en silencio, sin cambiar de posición. No se atrevía a mirarla ni a tocarla, porque era angustiosamente consciente de que, si volvía a sentir el contacto de su piel, perdería el control y sería incapaz de refrenarse.

¿Por qué le gustaba tanto? Había pasado mucho tiempo desde la última vez que se había sentido tan atraído por una mujer.

–Ya estamos llegando.

Lara se giró hacia la calle. Estaban en un barrio precioso, de grandes mansiones. Uno de los edificios parecía ser una embajada, y ella lo miró con curiosidad. Pero, justo entonces, el taxi cambió de dirección y entró en un camino adoquinado que atravesaba un enorme jardín.

–Esto es precioso... –dijo, atónita.

Momentos después, pasaron frente a una fuente de mármol y se detuvieron en el vado de un palacete con balcones de hierro forjado.

–¿Es un hotel? –preguntó ella.

Él sacudió la cabeza.

–No. Es mi casa.

–¿Tu casa? ¿Vives aquí? ¿Solo?

Lara no podía creer que Raoul viviera en un lugar así. ¿Cómo lo habría conseguido? ¿Se lo habría dejado su mujer tras el divorcio, si es que se habían divorciado? No tenía forma de saberlo, pero olvidó el asunto cuando él le puso una mano en la espalda y dijo:

–Sígueme.

Ella bajó del taxi y subió los escalones que daban a la entrada principal con tanta soltura como si lo hiciera cada día. Él sacó una llave y abrió la pesada puerta de franjas metálicas, cuya madera se había oscurecido por el paso del tiempo.

Lara sabía que el interior sería extremadamente hermoso, pero se llevó una sorpresa de todas formas cuando se encontró en un salón gigantesco dividido por una escalera tan grácil que parecía flotar. Era obvio que el dueño del edificio había tirado algunas paredes para ganar espacio y modernizarlo sin dañar su belleza histórica. El mobiliario era ecléctico, con grandes sofás de aspecto cómodo y estanterías abarrotadas de libros que llegaban hasta el techo.

Raoul la llevó a una cocina de electrodomésticos grises y superficies blancas.

—No es lo que esperaba —le confesó ella.

Raoul echó un vistazo rápido a su alrededor. No estaba particularmente encariñado con la casa. La había comprado para venderla más tarde y hacer negocio, pero fue una inversión desastrosa: estaba en tan mal estado que tuvo que reformarla de arriba a abajo. Y, en cuanto al resultado final, ni siquiera se podía decir que fuera cosa suya. Se había limitado a dar libertad al arquitecto para que hiciera lo que considerara oportuno.

—Si la hubieras visto antes, te habrías asustado. Tenía goteras y humedad por todas partes... Parecía a punto de caerse —comentó—. Eso me pasa por comprar edificios sin comprobar antes su estado.

—Pues te ha quedado preciosa.

Raoul dio un paso hacia Lara, que se sintió como si la cocina se hubiera vuelto pequeña de repente.

—Es sencillamente espectacular –continuó ella, presa del pánico–. Es tan bonita que... Ah, discúlpame... Tiendo a hablar demasiado cuando me pongo nerviosa.

—¿Estás nerviosa?

—Puede que te sorprenda, pero esto no es algo que haga todos los días.

Él arqueó una ceja.

—No, no me sorprende. ¿Por qué me iba a sorprender?

—Bueno, yo...

—No tienes que darme explicaciones, Lara.

Ella se ruborizó.

—No, claro que no...

Raoul apretó los dientes. No quería una mujer vulnerable e insegura; quería una noche de amor con la sexy, preciosa y atrevida mujer que había plantado cara a un grupo de adolescentes borrachos. Pero la actitud de Lara había cambiado por completo, y se empezó a sentir frustrado.

—¿Te apetece un café?

Ella tragó saliva, sin apartar la vista de sus ojos.

—Los dos sabemos que no necesito un café.

—Entonces, ¿qué necesitas? –Raoul llevó una mano a su pelo y se lo acarició brevemente–. ¿Eres real? ¿Tu deseo es real?

—Todo en mí es real. Y te necesito a ti.

Él le puso una mano en la cara. Ella parpadeó, estremecida, y soltó un suspiro involuntario cuando la otra mano de Raoul se cerró sobre sus nalgas.

—Esto es real, Lara –dijo, pasándole los labios por el cuello–. Lo que me haces es real.

Raoul no podía ser más sincero. De hecho, no recordaba haber deseado a nadie de un modo tan primario y animal. Era una verdadera locura, pero inmensamente dulce. Y, fuera cual fuera el motivo, solo le preocupaba una cosa: poseerla.

Asaltó su boca y le dio un beso largo que despertó toda la pasión dormida de Lara, cuyos temores se esfumaron por completo. Ya no pensaba en nada que no fuera él. La cabeza le daba vueltas, y respondía a sus atenciones con un entusiasmo que disimulaba su falta de experiencia.

Al cabo de unos momentos, Raoul le acarició un pecho por encima de la tela roja del vestido. Lara gimió y se apretó contra él, ansiando el contacto de sus dedos. Los ojos se le habían oscurecido, y su respiración se había vuelto agitada. Pero no era suficiente, así que saltó lo justo para cerrar las piernas sobre la cintura de su amante, que la empezó a llevar hacia la escalera.

—No sabía que se pudiera sentir algo así... algo tan intenso...

Lara lo dijo sin darse cuenta, y se asustó tanto cuando él la dejó de besar y frunció el ceño que añadió con desesperación:

—¡No pares!

Raoul soltó una carcajada corta y seca. Tuvo que hacer un esfuerzo para no tomarla allí mismo, contra la pared, sin contemplaciones.

—Descuida, *cara*. No tengo intención alguna de parar.

Implacable, la besó de nuevo y la llevó al dormitorio, sin que Lara prestara atención alguna al recorrido. De hecho, apenas se fijó en la cama que ocupaba el centro de la habitación. Estaba absolutamente concentrada en Raoul.

—Te deseo tanto que casi duele...

Él dijo algo en italiano, que Lara no entendió. Pero la urgencia de sus palabras las volvió tan comprensibles como el hecho de que la tumbara en la cama y se pusiera sobre ella.

Lara notó el contacto de su dura erección y se excitó un poco más. Era una situación muy placentera, aunque estaba lejos de satisfacer el ansia que ardía entre sus piernas. Luego, Raoul la puso de lado, la miró a los ojos con pasión y, tras besarla tiernamente, se levantó y se empezó a quitar la ropa.

Ella se preguntó si debía imitarlo, pero fue una pregunta retórica. Se sentía dominada por una languidez que la mantenía inmóvil, como si la hubieran clavado al colchón; así que se limitó a mirar hasta que Raoul se quedó completamente desnudo.

Era un hombre impresionante. Un dios de cuerpo perfecto, cuya evidente excitación hizo que Lara fuera más consciente de la suya. La idea de tocarlo, acariciarlo y apretarse contra él alimentaba un sentimiento de hambre y necesidad que no había experimentado nunca.

Raoul volvió a la cama y se quedó de rodillas, mirándola.

—Me encanta tu boca —dijo ella.

Lara alzó un brazo y le acarició los labios y la mejilla. Raoul se inclinó, le acarició los hombros y le bajó las tiras del vestido; pero, no contento con ello, le bajó la prenda y admiró sus senos durante unos segundos.

Ella no llevaba sostén, y se estremeció de placer cuando Raoul descendió implacablemente y le empezó a succionar un pezón. Ya no era consciente de nada más. Solo existían su boca, su lengua y los ojos que se clavaban en los suyos como brasas.

Su primer contacto sexual no podía haber sido más grato. Pero seguía sin ser suficiente y, cansada de adoptar un actitud pasiva, Lara se apartó un poco, le acarició el pecho y empezó a lamer su piel por todas partes, volviéndose más atrevida cada vez que él gemía o suspiraba.

Mientras ella le dedicaba sus atenciones, Raoul le quitó el vestido y la dejó sin más ropa que unas braguitas minúsculas. Habían cambiado nuevamente de posición, y Lara volvía a estar de espaldas en la cama, atrapada bajo sus duras piernas.

—Oh, Raoul...

Lara pronunció su nombre en voz tan baja que casi no se pudo oír, pero su efecto no pudo ser más contundente. Raoul, que hasta entonces la había tratado con ternura, devoró su boca como si se hubiera cansado de juegos y quisiera dar todo lo que podía dar y tomar todo lo que ella pudiera ofrecer.

Segundos más tarde, llevó las manos a sus braguitas. Lara se puso tensa y abrió los ojos, que había cerrado.

—Relájate.

Ella sonrió con debilidad. Él le quitó la prenda y metió los dedos entre sus húmedos pliegues, causándole tal descarga de placer que dejó de respirar durante unos instantes. Sin embargo, solo había sido el principio. Raoul se dedicó a acariciarla con tanta insistencia como delicadeza. Y habría seguido así, incansable, si Lara no hubiera dicho:

—No puedo más...

Entonces, él le estiró los brazos por encima de la

cabeza y, tras hacer un esfuerzo para no tomarla con una brusca acometida, la penetró.

Lara se quedó atónita. Siendo su primera vez, estaba segura de que sentiría algún tipo de dolor o incomodidad. Pero, en lugar de eso, sintió algo completamente distinto y del todo inesperado: un orgasmo cuyas largas oleadas le arrancaron un grito gutural.

Estaba tan concentrada que se olvidó del propio Raoul hasta que él se empezó a mover de nuevo, aumentando el ritmo poco a poco. Lara se arqueó para facilitar las cosas. La sensación de tenerlo dentro era abrumadora, y se aferró a ella porque no se le ocurría nada más. Todo era tan nuevo como maravilloso. El mundo se había reducido a sus dos cuerpos, y la vida consistía en fluir juntos y moverse juntos.

Al cabo de un rato, pensó que ya no lo podía soportar. Su tensión había llegado a límites inadmisibles. Y, de repente, el muro del control se derrumbó y la dejó a expensas de otro orgasmo, mucho más intenso y feroz que el primero.

Aún sentía las potentes contracciones cuando él soltó un gemido y la llenó con el calor de su propio clímax.

–Eres preciosa –dijo, momentos después.

Raoul inclinó la cabeza, le dio un beso en los labios y se levantó.

Capítulo 4

LARA se despertó con la sensación de seguir estando en una nube. Sus ojos tardaron un poco en acostumbrarse a la luz y, durante unos instantes, el blanco de las paredes, el rojo del cuadro que estaba al fondo y el tono oscuro de los muebles le parecieron fundidos en un borrón monocromático. Después, se giró hacia las cortinas del balcón, por donde entraba una ligera brisa, y las miró un segundo antes de volverse hacia Raoul, cuya respiración sonaba casi tan pesada como la suya.

Sus ojos estaban cerrados, y su pecho subía y bajaba lentamente, cubierto de una capa de sudor. Su cara era tan digna y austera como la de una estatua, aunque aquella mañana le gustó aún más que el día anterior. Ahora conocía la pasión y la fuerza de Raoul, un hombre físicamente perfecto en todos los sentidos, desde su dura musculatura hasta sus largas extremidades.

Y estaba fascinada con él.

Durante unas horas, habían sido dos partes de un todo inseparable. Sin embargo, la noche había terminado, y volvían a ser dos desconocidos.

Lara se sintió triste, sin saber por qué.

Justo entonces, Raoul cambió de posición sin abrir los ojos. Lara deseó aferrarse a la perfección del momento, pero su mente se llenó de preguntas que ni siquiera se quería formular. ¿Qué diría su amante cuando volviera a hablar? ¿Qué diría ella?

La larga sábana había terminado entre los dos, hecha un gurruño. Lara la alcanzó con intención de taparse, y apenas había ocultado parte de sus piernas cuando se dio cuenta de que Raoul la estaba mirando.

–¿Tienes frío? –preguntó.

Sin esperar respuesta, Raoul la atrajo hacia él y la abrazó.

Ella se quedó rígida al principio, pero luego se relajó y apoyó la cabeza en su hombro. Raoul le acarició la espalda, y pensó que jamás había tocado una piel tan suave.

Lara le gustaba mucho.

Se había acostado con muchas mujeres y había disfrutado con ellas, pero ninguna de aquellas experiencias había sido tan erótica como la que acababa de vivir. Y, sorprendentemente, se la debía a una mujer que, hasta ese momento, había sido virgen.

¿Debería sentirse mal al respecto?

A decir verdad, el descubrimiento de su virginidad lo había dejado perplejo; tan perplejo que estuvo a punto de poner fin a su encuentro amoroso. Pero después lo encontró extrañamente excitante y provocó en él una explosiva e irrefrenable necesidad de poseerla.

¿Sería algo genético? ¿Estaría programado en la base de su masculinidad?

Fuera como fuera, prefirió no pensarlo demasiado. Sabía que todo tenía su final, y estaba seguro de que su relación con Lara no sería una excepción.

A pesar de ello, tampoco podía negar que había pasado algo tan distinto como inquietante; una situación que distaba de ser normal: se había acostado con una mujer en su propia cama y, por si eso fuera poco, se había dedicado a admirar a su amante mientras dormía. Dos cosas que no había hecho desde la primera época de su matrimonio.

Además, había un detalle aún más perturbador. Desde la muerte de Jamie, Raoul nunca dormía más de dos horas seguidas. Tenía miedo de conciliar el sueño, porque sabía que soñaría con su difunto hermano y se despertaría cubierto de sudor y preso del pánico.

Pero aquella noche no había soñado con él. No había tenido ninguna pesadilla.

A diferencia de Lara.

—¿Qué te pasó anoche? ¿Tuviste un mal sueño? —preguntó.

—¿Un mal sueño? —preguntó Lara, sorprendida.

—¿Es que no te acuerdas?

Ella sacudió la cabeza.

—No.

—¿En serio?

—Nunca me acuerdo de esas cosas... De hecho, pensaba que ya no tenía pesadillas.

—Pues pegaste un buen grito...

—Lo siento. Debería habértelo dicho para que no te asustaras.

—Sí, supongo que deberías habérmelo dicho —replicó él con afecto.

Lara admiró sus estrechas caderas, la piel bronceada de su perfecto estómago y su ancho y poderoso pecho. Aún se sentía como si estuviera flotando. Intentaba recordarse que solo había sido una aventura sexual, algo que la gente hacía todo el tiempo y que no tenía mayor importancia; pero fracasaba constantemente.

–Bueno, conozco una buena cura para ese tipo de problemas –declaró Raoul, apretándose contra su cuerpo.

Ella sonrió con sorna.

–¿Cuál? ¿Un vaso de leche?

Él también sonrió.

–No... contigo usaría otras cosas. Un poco de nata y unas fresas, por ejemplo.

Lara respiró hondo, excitada. Empezaba a comprender que las personas fueran capaces de hacer verdaderas locuras por el sexo.

–Esta vez me lo voy a tomar con calma –continuó él–. Quiero tocarte por todas partes. Quiero lamerte por todas partes.

–Sí, por favor...

Lara lo dijo con un suspiro que repitió reiteradamente durante la hora siguiente, mientras Raoul la llevaba al orgasmo una y otra vez.

Cuando por fin se quedó satisfecho, Lara estaba agotada; pero también más contenta y más en paz que en toda su vida. Raoul la había llevado al cielo más alto que se podía alcanzar. Y, al cabo de unos minutos, bajó de él y se quedó dormida.

Raoul se despertó con el ruido de la ducha, aunque siguió tumbado hasta que Lara reapareció en la habitación. Parecía fresca como una rosa, y se había vuelto a poner su precioso vestido rojo, que enfatizaba sus curvas de una manera maravillosamente indecente.

Solo entonces, se sentó en la cama y se pasó una mano por el pelo.

–Siento haberte despertado –dijo ella, animada.

–No tiene importancia.

–He tenido que usar tu cepillo de dientes. Espero que no te importe.

–Puedes usar todo lo que quieras. Solo te pido una cosa...

–¿Cuál?

–Que bajes el tono de voz.

Ella sonrió.

–¿Es que tienes resaca?

–No, no tengo resaca. Solo soy un ser humano de los que no soportan tanto entusiasmo cuando se acaba de despertar –contestó.

–Ah, vaya... Eres uno de esos. No te gustan las mañanas.

Él arqueó una ceja.

–Yo no diría tanto. De hecho, se me ocurren algunas formas interesantes de aprovecharlas.

Lara se ruborizó.

–Estoy segura de ello...

Raoul clavó la vista en las dulces curvas de sus senos cuando ella cruzó la habitación para mirarse en el espejo y arreglarse el pelo, que aún tenía mojado. Habría preferido que estuviera desnuda, pero era tan sexy que se volvió a excitar otra vez.

–Es curioso... No pareces especialmente incómoda.

–¿Por qué dices eso? –preguntó ella, aunque lo sabía de sobra.

–¿Crees que no me di cuenta? –dijo él–. Sé que no

es asunto mío, pero me extraña que lleves tan bien la pérdida de tu virginidad...

Ella carraspeó y se ruborizó de nuevo.

–Sí, a mí también me extraña –le confesó–. Pensé que la primera vez sería más complicada, y que no lo podría hacer con un desconocido, sin ningún tipo de conexión emocional... Pero ha sido muy bonito, Raoul. No sabes cuánto te lo agradezco.

–Imagino que, cuando hablas de conexión emocional, te refieres al amor...

–Sí, por supuesto. Pero no pretendía insinuar que haya sido una experiencia superficial, ni mucho menos. A decir verdad, ha sido profundamente íntima.

Raoul asintió y, tras unos segundos de silencio, dijo:

–¿No hay ningún hombre en tu vida? ¿Nadie que te pudiera ofrecer esa conexión que necesitabas?

Ella se puso nerviosa.

–Bueno, está Mark...

–Mark –repitió Raoul, sintiendo un súbito ataque de celos–. ¿Y por qué no te acostaste con él? ¿Cómo es posible que salieras a la calle e hicieras el amor con el primero que se cruzó en tu camino? Has tenido suerte, Lara. Hay gente mucho peor que yo.

–Ya, pero Mark no estaba... disponible –acertó a decir.

–¿Disponible? ¿Sales con un tipo y te acuestas con otro? Pobre hombre...

–¿Pobre? ¿Mark? –dijo ella, subiendo otra vez el tono de voz–. Mark es un maldito...

Lara no llegó a pronunciar el insulto que tenía en mente. Se refrenó, le lanzó una mirada cargada de ira y dio media vuelta con intención de regresar al cuarto de baño. Pero sus palabras habían tranquilizado a Raoul, que decidió cambiar de estrategia.

—Anda, vuelve aquí... Siento haberte enfadado.

Lara se detuvo.

—No, soy yo quien debo pedirte disculpas por haber perdido los estribos —replicó, sacudiendo la cabeza—. Mark es un canalla de tomo y lomo, pero yo soy tan culpable como él de lo que ha pasado. Si no me hubiera obsesionado con el amor verdadero y la idea de encontrar a mi alma gemela, habría sabido ver que no es el hombre adecuado para mí.

—Ah, comprendo... Era tu héroe y se ha caído del pedestal donde lo tenías —afirmó—. ¿Qué ha hecho, si no es indiscreción?

Ella soltó una carcajada amarga.

—No hay mucho que contar. Es una situación tan típica que parece la caricatura de un cliché. Vine a Roma con mi jefe... Me pidió que lo acompañara y le dije que sí.

—¿Y dónde está el problema?

—En su falta de sinceridad. Creí que estaba libre, y resulta que tiene novia y que me ofreció este viaje porque ella no podía quedar con él.

—Vaya...

—Y, por si eso fuera poco, ha resultado ser un tacaño. Tendrías que ver el hotel al que me llevó...

Raoul guardó silencio.

—No lo puedo creer —continuó Lara—. Me he puesto en una situación absurda. Mark se dejó seducir porque pensaba que yo quería lo mismo que él y que era una mujer experta, por así decirlo. Pero cuando descubrió que era virgen...

–¿Se sintió estafado?

Lara asintió.

–Sí, supongo que sí. Y me enfadé tanto que me marché... Pero no antes de decirle que me acostaría con el primero que pasara –contestó–. Una amenaza que, por lo visto, he cumplido.

–No te castigues tanto. Tu jefe es un simple idiota.

Ella suspiró.

–Ni siquiera sé por qué te lo he contado...

Él volvió a sonreír.

–Me lo has contado porque yo me he interesado al respecto.

Raoul estaba sorprendido de su propia actitud. Normalmente, no mantenía conversaciones profundas con las mujeres que compartían su cama. De hecho, tampoco compartía su cama con ninguna. Siempre las llevaba a otra parte.

Aquella era una situación nueva para él. Y no sabía qué pensar.

–Bueno, será mejor que me vaya –dijo ella.

Lara apartó la mirada y la clavó en una de las fotografías que adornaban la pared.

–Es mi madre –dijo Raoul.

–¿En serio? No tiene un aspecto muy italiano...

–No, claro que no. Mi madre era estadounidense, aunque su madre era española –explicó.

–¿Era? ¿Es que ha fallecido?

Raoul asintió. No tenía muchos recuerdos de su madre. Apenas un cálido y alegre aroma a limón que no encajaba bien con la seriedad de aquella fotografía.

–Sí, murió por culpa de una epidemia de gripe. ¿Te lo puedes creer? Una mujer joven y fuerte, en la flor de la vida... y murió por una simple gripe. Yo era poco más que un bebé.

Lara imaginó un niño de piernas morenas y grandes ojos oscuros. Luego, lo miró a los ojos y se sintió tan extraña y perturbadoramente cerca de él, tan conectada a Raoul di Vittorio, que cambió de conversación a toda prisa.

—¿Tienes un secador de pelo? Si me lo dejo así, tardará horas en secarse.

—Está en el baño, en el cajón de abajo.

Lara entró en el cuarto de baño, cerró la puerta y soltó un suspiro. Se había preparado para enfrentarse a un hombre distante y, quizá, arrepentido; pero no lo estaba en absoluto para enfrentarse a un hombre que le llegaba al corazón.

¿Sería una situación normal? ¿Algo corriente tras acostarse con un desconocido?

No tenía experiencia al respecto, así que no lo podía saber; pero sabía que se marcharía de allí con una sensación profundamente agradable. En primer lugar, porque había hecho el amor por primera vez, y con un amante maravilloso; en segundo, porque no había hecho ni dicho nada que la hiciera quedar como una idiota.

Cuando volvió al dormitorio, su pelo estaba seco y el ambiente, cargado de aroma a café. Lara siguió el olor hasta la cocina, donde descubrió a Raoul de pie, con una taza en la mano. Se había puesto una bata de color negro; pero la bata estaba entreabierta y, al ver el vello de su pecho, se sintió perdida.

Era un hombre increíblemente atractivo.

Lara se acordó de una novela romántica que acababa de leer. La protagonista perdía la cabeza por alguien tan interesante como Raoul, y estaba tan encaprichada que tomaba la decisión de abandonar a su marido para marcharse con él.

A Lara le había parecido mal. Desde su punto de vista, era imperdonable que una mujer lo abandonara todo a cambio de unos cuantos orgasmos, por muy intensos que fueran. Pero en ese momento desconocía las mieles del sexo. Y ahora, después de conocerlas, su opinión había cambiado radicalmente.

–Veo que has encontrado el secador... –dijo él.

Ella se llevó una mano al pelo.

–Sí, estaba donde dijiste.

–Sírvete un café. Yo vuelvo enseguida.

–Gracias, pero será mejor que me vaya.

Raoul dejó su taza en la encimera y dijo:

–Si quieres, te puedo llevar a tu hotel.

–No te molestes. No es....

–¿Necesario? –la interrumpió.

–Sí, eso es lo que iba a decir –contestó, nerviosa.

–¿Tienes dinero para un taxi, al menos?

–Bueno, yo...

–No me digas que no tienes dinero...

Lara se ruborizó una vez más.

–No importa. Puedo ir andando.

–¿Como anoche? Te recuerdo que estuviste a punto de meterte en un buen lío.

Lara supo que no iba a ganar esa batalla, así que fingió una tranquilidad que estaba lejos de sentir y dijo con sorna:

–¿Siempre ofreces un servicio de taxi a tus amantes?

Raoul notó que la seguridad de Lara era simple fachada, un simple truco para ocultar su vulnerabilidad.

Pero no quiso interrogarse al respecto, porque no habría sido la primera vez que se equivocaba con una mujer por ese motivo. Lucy también le había parecido dulce y vulnerable cuando la conoció.

–Por supuesto –dijo, arqueando una ceja–. Se lo ofrezco siempre. Si no les importa esperar cinco minutos.

Acababan de subir al coche cuando Lara se dio cuenta de algo bastante embarazoso. Raoul preguntó el nombre del hotel y ella no se pudo acordar.

–Oh, vamos... No me digas que no sabes cómo se llama.

–Creo recordar que había una cafetería en la esquina. Y que el nombre empezaba por C o, quizás, por T.

–Eso será de gran ayuda –ironizó.

–No hace falta que te pongas sarcástico –dijo ella–. Estoy segura de que lo recordaré en algún momento.

Tras quince minutos de mencionarle nombres de hotel, por ver si acertaba con alguno, Raoul empezó a dudar que lo recordara. Y ella se empezó a poner nerviosa.

–No me presiones –protestó–. Me confundes todavía más.

A decir verdad, Lara ya estaba bastante confundida; pero por dos razones que no tenían nada que ver con el dichoso nombre. La primera, que Raoul había quitado la capota de su deportivo, lo cual provocaba que la mitad de la población masculina de Roma se fijara en su vestido y la premiara con todo tipo de silbidos y expresiones tórridas. La segunda, que cada vez que alguien decía algo, Raoul respondía con gestos obscenos.

–No sé, creo que empezaba por A...

Él suspiró.

–¿No habías dicho que empezaba por T?

–Sí, bueno... ¡Ah! ¡Es ese! –Lara se giró para mirar el hotel que acababan de dejar atrás–. Lo sé porque reconozco el bar de la esquina... ¡Da la vuelta! Pero ¿qué haces? ¡Te he dicho que des la vuelta!

–Esta calle es de sentido único. No puedo dar la vuelta –se defendió–. Y deja de moverte tanto... Perderé la concentración y sufriremos un accidente.

Ella le hizo caso, y él se sintió aliviado. En circunstancias normales, los movimientos nerviosos de Lara no habrían roto su concentración; pero el escote de su vestido era tan generoso que sus preciosos senos parecían constantemente a punto de salirse del corpiño.

–Oh, siento causarte tantas molestias –se disculpó Lara–. Seguro que se te ocurren formas mejores de pasar el día.

–*Dio mio*... No te pongas victimista, por favor. No tiene importancia.

Raoul giró de repente y tomó una calle tan estrecha que casi rozaban las paredes. Y encima, sin reducir la velocidad.

–No es por aquí...

–¿Ah, no? Entonces, ¿por dónde quieres que vayamos? No sabía que conocieras tan bien las calles de Roma, pero estoy dispuesto a aceptar sugerencias –se burló.

Lara no tuvo más remedio que cerrar la boca. Y se llevó una sorpresa cuando, instantes después, aparecieron delante del hotel.

–Ah, era un atajo... –dijo.

–Por supuesto que sí –replicó Raoul, lanzando una mirada al destartalado edificio–. ¿Seguro que este es tu hotel?

Ella asintió.

–Tenías razón con tu novio. Es un tacaño.

–No es mi novio.

Raoul hizo caso omiso del comentario y dijo:

–¿No se te ha ocurrido que Mark puede haber llamado a la policía?

–¿A la policía? Oh, vaya... No, no se me había ocurrido –admitió ella–, aunque espero que no haya cometido esa estupidez... En fin, gracias por... por la noche que hemos pasado juntos. Has estado encantador.

Ella bajó del coche y empezó a subir los escalones de la entrada, moviendo sinuosamente las caderas. Raoul la admiró hasta que desapareció en el interior del hotel, momento en el cual arrancó y se alejó de allí a toda prisa.

Mientras conducía, se preguntó cómo sería el tipo que la había llevado a Roma y cuál sería su reacción cuando la volviera a ver. De haber estado en su caso, él se habría sentido profundamente indignado. A fin de cuentas, su novia lo había dejado plantado para acostarse con otro.

¿Qué habría hecho en esa situación? ¿Echarla de la habitación? ¿Tirarla a la cama y hacerle el amor?

Fuera como fuera, habría dado cualquier cosa por saber si Lara iba a perdonar a Mark después de lo que había hecho. En principio, parecía poco probable; pero algunas mujeres se sentían atraídas por los hombres que las trataban mal.

La posibilidad de que Lara se acostara con aquel

tipo reavivó unos celos que le parecieron completamente fuera de lugar. ¿Por qué reaccionaba así? ¿Qué tenía esa mujer, que despertaba en él emociones tan extremas?

No lo sabía. Pero no necesitaba más complicaciones. Y mucho menos con una pelirroja que era la viva imagen de la tentación.

Capítulo 5

EL VESTÍBULO del hotel, que también era el comedor, tenía una decoración asombrosamente bonita para lo que el destartalado aspecto de la fachada parecía indicar. Lara lo cruzó haciendo caso omiso de las miradas lascivas que le lanzaron algunos hombres, y se dirigió impertérrita hacia la mesa donde estaba Mark.

–Ah, eres tú... Empezaba a preocuparme...

–¿En serio?

Lara supo que había mentido porque estaba desayunando tranquilamente, como si no pasara nada. Una actitud que no encajaba en absoluto con la de un hombre preocupado por la desaparición de su amante.

–Bueno, ya ves que estoy bien –continuó.

–Me alegro mucho... –dijo él, lanzando una mirada a sus curvas–. ¿Te apetece que vayamos al Coliseo? Cuando te cambies de ropa, por supuesto.

Ella se quedó perpleja.

–¿Cómo?

–He hecho un pequeño itinerario. Roma no se puede ver en un par de días, pero...

Lara se inclinó sobre la mesa y dijo, en voz baja:

–¿Pretendes que te acompañe a ver monumentos?

–Mira, sé que hemos empezado con mal pie, pero aún lo podemos arreglar.

Lara sintió el deseo de darle una bofetada, pero se refrenó. Al fin y al cabo, se lo había buscado ella misma. Se había obsesionado con él y lo había convertido en algo que no era por un error tan viejo como insensato: presuponer que los hombres que la querían por su cuerpo eran unos insensibles y que Mark, que nunca había intentado ligar con ella, era en consecuencia un príncipe azul.

Pero la vida no era tan fácil, como bien sabía ahora. Si hubiera cometido el mismo error con Raoul, no se habría acostado nunca con él. Habría pensado que la consideraba una especie de objeto sexual y se habría perdido la experiencia de pasar la noche con una persona increíblemente cariñosa y atenta.

¿Cómo era posible que hubiera estado tan equivocada? Y no solo en lo tocante a los hombres, sino a ella misma. La fuerza, la pasión y la ternura de Raoul habían despertado un fuego cuya existencia desconocía. Le habían dado una lección sobre su propio cuerpo y sobre sus propias necesidades.

No, la vida no era tan fácil; pero podía ser terriblemente irónica. Lara, que siempre se había considerado una mujer pudorosa, ardía en deseos ahora de que Raoul le arrancara la ropa y le hiciera olvidar dónde empezaba ella y dónde él.

–Vamos, sé razonable –continuó Mark–. La habitación ya está pagada y, si vamos a estar juntos, es mejor que...

–No seas ridículo –lo interrumpió–. No me voy a quedar contigo.

Él dobló la servilleta con una precisión irritante y la miró a los ojos.

–¿Y qué piensas hacer? –preguntó.

–Volver a casa.

Mark frunció el ceño.

–¿Volver a casa? Oh, por favor... Creí que estaba con una mujer adulta, pero es obvio que estoy con una niña –dijo, perdiendo la paciencia–. Qué estúpido he sido. He pagado por pasar un fin de semana con una virgen.

–Tú no has pagado nada. Te recuerdo que yo me pagué mi billete de avión. Y, en cuanto a la reserva del hotel, dejaré mi parte en la mesita del dormitorio.

Lara dio media vuelta y subió a la habitación a toda prisa. Una vez dentro, abrió el armario, sacó su ropa, la metió en la maleta y, acto seguido, recogió las cosas que había dejado en el cuarto de baño.

Fue tan rápida que casi batió su propio récord. Pero no tan rápida como para poder huir antes de que llegara Mark.

–¿No crees que estás exagerando? –preguntó él.

–Es posible, pero ya sabes cómo soy... Una reina del melodrama –dijo con sorna.

–Pues ten cuidado con eso. No es muy conveniente en el mundo laboral.

La insinuación de Mark no dejaba lugar a dudas. Le estaba diciendo que, si se marchaba de allí, tendría que buscarse otro empleo. A fin de cuentas, él era el sobrino del dueño de la empresa. Y ella no era nadie.

–Bueno... de todas formas, tenía intención de cambiar de aires.

Mark la miró en silencio durante unos segundos.

Luego, cruzó la habitación, alcanzó la guía turística y se dirigió a ella con expresión de alivio.

–Sí, creo que será lo mejor –dijo–. Pero no te preocupes, te daré buenas referencias.

Lara perdió los estribos.

–Lo dices como si me estuvieras haciendo un favor, cuando es simplemente lo justo. Soy una gran profesional, que sabe hacer su trabajo.

–Sí, su trabajo, mi trabajo y el de todos los demás –puntualizó él–. Discúlpame, pero a la gente no le gusta que una simple secretaria le diga lo que tiene que hacer.

Lara sonrió para sus adentros, aunque sin humor. Cuando estaba en la universidad, tenía la extravagante idea de que el talento, el entusiasmo y el trabajo duro bastaban para abrirse camino. Pero no era cierto. Y, para empeorar las cosas, se había concentrado de un modo tan absoluto en sus estudios que carecía de experiencia en todo lo demás.

Ahora, lo único que tenía eran las deudas que había contraído y un horizonte sin demasiadas esperanzas, descontado el hecho de que se veía obligada a asumir lo que no había querido asumir hasta entonces: que se había equivocado.

–¿Sabes una cosa, Mark? Reconocer nuestros errores no es tan terrible como parece. A veces, es la única solución.

–Ya, pero, si vuelvo sin ti, la gente pensara que...

–¿Te preocupa que los chicos de la oficina se burlen de ti?

–No, claro que no... Nadie sabe que estoy contigo en Roma –mintió él, ruborizado–. Sencillamente, no veo por qué no podemos solucionar nuestros problemas...

Ella se cruzó de brazos y sacudió la cabeza. No entendía cómo se había podido encaprichar de un hombre tan egoísta y aburrido.

–Yo no te gusto, ¿verdad?

Hasta ese momento, Lara ni siquiera había considerado la posibilidad más sencilla y lógica de todas: que Mark no había intentado ligar con ella por la simple y pura razón de que no le gustaba. Pero ya no estaba ciega. Se había quitado la venda de los ojos. Estaba en esa situación por culpa de su propia arrogancia; por creerse físicamente irresistible.

Mark se encogió de hombros, incómodo.

–Bueno, eres una mujer preciosa... y me sentí muy halagado por tus atenciones, pero...

Lara se alegró de que no terminara la frase. Su ego no habría soportado una explicación exhaustiva al respecto. De hecho, las palabras de Mark la habrían deprimido terriblemente si no hubiera sido por Raoul y por lo que Raoul le había hecho sentir durante una larga y maravillosa noche.

Sin pretenderlo, su mente se lleno de imágenes y detalles a cual más tórrido. Oyó su propia respiración mientras él la acariciaba. Sintió sus labios y sus manos en todo el cuerpo. Y tuvo que hacer un esfuerzo sobrehumano para no revivir las escenas una y otra vez.

Aunque, por otra parte, quizá habría sido lo mejor. Era indiscutiblemente más satisfactorio que hablar con su jefe. O, más bien, exjefe.

–Olvídalo, Mark. Como ya he dicho, quería cambiar de aires... Buscaré otro empleo en cuanto llegue a casa.

–¿Te vas entonces?

–Sí. En el primer avión que encuentre.

–Tendrás que comprar un billete nuevo... –le recordó él–. No te devolverán el dinero del que tienes.

Lara lo sabía de sobra, y también sabía que encontrar otro trabajo no iba a ser tan sencillo. Pero, afortunadamente, el billete le costó menos de lo que esperaba; incluso sumando el precio del autobús que tuvo que tomar, porque el aeropuerto de Roma estaba a muchos kilómetros de la ciudad.

Cuando por fin llegó, se sentó en la sala de espera y se dedicó a disfrutar de algo vagamente parecido a un café. Estaba convencida de que sus problemas habían terminado, pero no fue así. Minutos después, anunciaron por megafonía que su vuelo se iba a retrasar.

–Oh, no... Lo que me faltaba.

–¿Señorita Gray?

Lara se quedó sorprendida al ver al hombre alto y canoso que se había acercado a ella. Especialmente, porque llevaba uniforme de piloto.

–Sí, soy yo. ¿Hay algún problema?

Él hombre sacudió la cabeza y sonrió.

–No, en absoluto. Solo vengo a darle un mensaje.

–¿Un mensaje? ¿Para mí?

Lara no salía de su asombro. ¿Quién le podía haber enviado un mensaje? Mark era el único que sabía que estaba en el aeropuerto.

–¿Está seguro de que es para mí? –continuó–. ¿No se habrá equivocado de persona?

–Estoy completamente seguro –afirmó el piloto–. Y ahora, si tiene la amabilidad de acompañarme...

Lara lo siguió porque estaban en un aeropuerto y no quería organizar una escena, sobre todo, con un hombre que llevaba uniforme. Pero no las tenía todas consigo.

–Espero que no me lleve demasiado tiempo. Tengo que tomar un avión.

El piloto no llegó a decir nada. Justo entonces, apareció un hombre que le puso una mano en el hombro y dijo:

–Muchas gracias, Justin. Te debo una. Dale recuerdos a tu mujer.

–No me debes nada. Ha sido un placer.

El hombre en cuestión era nada más y nada menos que Raoul di Vittorio, quien estrechó la mano de su amigo y, a continuación, se giró hacia ella.

–¿Qué es esto? ¿Una especie de encerrona? –preguntó Lara, molesta–. ¿Y quién era ese tipo? ¿Un piloto de verdad? ¿O solo iba disfrazado?

–¿Disfrazado? No, Justin es piloto. Lo llamé cuando me di cuenta de que no iba a llegar a tiempo. Estaba en un atasco.

Raoul llevaba todo el día en el coche. Tras dejar a Lara en el hotel, se dirigió a su casa con intención de olvidar el asunto; pero no se lo podía quitar de la cabeza. Su experiencia con Lara había sido sencillamente increíble. Mucho más intensa y liberadora que ninguna de sus aventuras anteriores.

Aún lo estaba pensando cuando tuvo una idea que casi fue una revelación. Una idea alocada, pero con todo el sentido del mundo: algo que solucionaría sus problemas y que, en principio, también beneficiaría a la gloriosamente sexy Lara Gray.

Pero, antes de hablar con ella, se tenía que asegurar de que era la mujer que parecía; así que, aprovechando su posición como dueño de un bufete de abogados, llamó a uno de los detectives que trabajaba para ellos y le pidió que investigara su historial rápidamente y le enviara los resultados al teléfono móvil.

El informe llegó cuando estaba en mitad del atasco, de camino al aeropuerto. Según el detective, Lara Gray no tenía antecedentes policiales ni había estado metida en ningún asunto turbio. Pero eso no le interesó tanto como la parte relacionada con su situación económica. Al parecer, no tenía ahorros ni más ingresos que los de su trabajo. Y, como era probable que su jefe la despidiera, iba a necesitar dinero con urgencia.

–Es una suerte que tu vuelo se haya retrasado...

–¿Una suerte? –preguntó ella, mirándolo con incomprensión.

Lara se quedó boquiabierta. No entendía nada de nada. ¿Qué estaba haciendo allí? ¿Cómo la había podido encontrar? ¿Qué pretendía? Daba por sentado que no volvería a ver al hombre inmensamente atractivo que la había salvado de un grupo de chicos borrachos y le había hecho el amor a lo largo de una noche inolvidable.

–No hay muchas mujeres que estén guapas con la boca abierta –dijo él con humor.

Lara la cerró al instante.

–Me has malinterpretado –prosiguió Raoul–. Tú eres una de las pocas que lo están.

Ella hizo caso omiso del cumplido.

–¿A qué viene esto? ¿Por qué has venido a buscarme?

–Bueno...

–No, no me lo digas. No lo quiero saber –lo interrumpió–. Puede que no tengas nada mejor que hacer con tu tiempo, pero yo sí.

–Oh, vamos, no me digas que no sientes curiosidad...

–No –mintió.

Él sonrió, absolutamente consciente de que había mentido.

—¿En serio?

—Mira, Raoul... No quiero hablar contigo.

Él sacudió la cabeza.

—En eso estamos de acuerdo. Yo tampoco quiero hablar. Preferiría hacerte el amor en mi cama, pero...

Lara se puso roja como un tomate, y a él le pareció tan gracioso que soltó una carcajada.

—Anda, ven conmigo. Te invito a tomar algo.

Raoul la quiso tomar de la mano, pero ella se apartó.

—No voy a ir a ninguna parte. No sé qué pretendes, pero tengo que tomar un vuelo que está a punto de despegar.

—Relájate, Lara. Iremos al bar del aeropuerto, así que estarás informada por el sistema de megafonía.

—Pero...

—Y, si pierdes el vuelo, te conseguiré una forma alternativa de transporte —le aseguró.

—¿Ah, sí? ¿Cuál? ¿Es que tienes un avión privado?

—Sí.

La respuesta de Raoul aumentó un poco más su confusión. Sin embargo, lo disimuló tan bien como pudo.

—No sé qué te traes entre manos. Pero, si tienes algo que decir, dímelo aquí.

—No puedo hacer eso...

—¿Por qué no?

—Porque no quiero correr el riesgo de que te desmayes —contestó—. Estás tan pálida como un fantasma. ¿Has comido?

—No, pero te aseguro que no me voy a desmayar.

—¿Y tampoco has desayunado?

Justo entonces, el estómago de Lara la traicionó con un gruñido que solo podía significar una cosa: que estaba hambrienta.

–Vale, está bien... –dijo–. Pero solo me tomaré un café.

Raoul la llevó a una de las mesas del bar más cercano, que estaba lleno de alegres y ruidosos turistas. Una vez allí, le intentó apartar una silla en gesto caballeroso, pero ella hizo caso omiso y se sentó en otra.

Segundos después, apareció la camarera.

–¿Qué van a tomar?

–Café solo, *grazie*. ¿Y tú?

–Lo mismo.

Raoul dijo algo en italiano, y la camarera sonrió y se fue.

–¿Qué le has dicho? –preguntó Lara.

–Le he pedido que te traiga unos sándwiches.

–¿Sin consultármelo antes? –protestó.

Él no dijo nada, pero Lara cambió de actitud cuando se encontró delante de la comida. Tenía buen aspecto, y no la quiso desperdiciar por simple orgullo.

Mientras devoraba un sándwich de salmón y pepino, dijo:

–¿Y bien? ¿Qué estamos haciendo aquí?

Raoul le dedicó una sonrisa.

–Tengo algo que proponerte.

Ella arqueó una ceja con desconfianza.

–No es lo que estás pensando –continuó él–. No está en la categoría de las proposiciones indecentes.

–Entonces, ¿en qué categoría está? –dijo ella, alcanzando su taza de café–. Aunque, francamente, dudo que me interese...

–Mi abuelo se está muriendo.

Lara lo miró con una mezcla de incomprensión y empatía. Raoul parecía muy seguro de sí mismo, pero ella no se dejó engañar; bajo su fachada había un fondo de tristeza.

–Lo siento mucho.

Él clavó la vista en sus ojos de color esmeralda y se preguntó qué diablos estaba haciendo. No era una de esas personas que utilizaban el chantaje emocional para salirse con la suya. Se suponía que le iba a ofrecer un acuerdo beneficioso para los dos; un negocio que, a pesar de ser poco convencional, se basaba en el viejo y pragmático interés mutuo. Pero, en ese caso, ¿por qué había apelado a su corazón?

–Sí, yo también lo siento –dijo, incómodo–. Aún no me he acostumbrado a la idea.

–¿Qué le pasa? ¿Está enfermo?

–Tiene cáncer –contestó–. Y supongo que eso contribuye a aumentar mi desconcierto, porque no recuerdo que haya estado enfermo en toda su vida.

–¿Estáis muy unidos?

Raoul sopesó su pregunta durante unos segundos y contestó:

–Se podría decir que ha sido un padre para nosotros. Incluso más que nuestro propio padre.

–Has hablado en plural, de donde deduzco que tienes hermanos o hermanas...

Él asintió.

–Tenía un hermano, Jamie. Pero ha fallecido.

–Oh, Dios mío...

Lara estaba más confusa que nunca. Sabía muy poco de Raoul, pero no tenía la impresión de que fuera de la

clase de hombres que hablaban de ese tipo de cosas sin
un buen motivo. ¿Adónde querría llegar?

—No te cuento esto porque quiera despertar tu sim-
patía, sino por algo muy diferente...

—¿De qué se trata?

—Resulta que, cuando mi abuelo fallezca, yo seré el
último Di Vittorio. Y sobra decir que la familia es muy
importante para él... Cree en la continuidad del apellido
y los genes familiares. Pero está preocupado porque no
le di nietos durante mi matrimonio.

—Ah, te divorciaste...

—No. Mi esposa también ha muerto –dijo–. Me temo
que soy viudo.

Lara frunció el ceño.

—¿Qué me intentas decir, Raoul? ¿Qué pretendes?

—Pretendo hacer feliz a mi abuelo.

—¿Y en qué me afecta eso?

—En todo. Quiero darle un nieto.

Ella se quedó completamente atónita. ¿Le estaba
pidiendo que se quedara embarazada de él? La idea le
pareció tan indignante y absurda al mismo tiempo que
intentó levantarse de la silla y marcharse de allí. Pero
no tuvo fuerzas.

—Te estoy proponiendo que seas la madre de mi hijo.

—¿Yo? ¿Que sea...?

—Sí, exactamente.

—¿Es que te has vuelto loco? ¿Cómo te atreves a pe-
dirme una cosa así? ¡No voy a ser una especie de incuba-
dora! –bramó.

—No me has entendido, Lara. No te estoy pidiendo
que te limites a darme un hijo sin más razón que satisfacer los deseos de mi abuelo.

—¿Ah, no?

Él sacudió la cabeza.

—No, te estoy pidiendo que seas mi esposa.

—Bueno, si solo se trata de eso... —dijo Lara con sarcasmo—. Esto no tiene ni pies ni cabeza, Raoul. No sé qué te has creído.

—Escúchame, por favor...

—Ya he escuchado bastante. Y no voy a cambiar de opinión.

—Razón de más para que me escuches —alegó—. Si no vas a cambiar de opinión, no tienes nada que perder...

Ella guardó silencio.

—Vamos, no seas tan obstinada. Solo te pido que me dediques la misma atención que le dedicarías a cualquier oferta de trabajo.

—¿Oferta de trabajo? No me lo puedo creer... ¿Es que has bebido?

Él se inclinó hacia delante y dijo, en voz baja:

—¿Huelo acaso a alcohol?

Ella se echó rápidamente hacia atrás. Y no porque Raoul oliera a alcohol, que no olía, sino porque su fresco aroma la había puesto nerviosa.

—Por si no lo recuerdas, ya tengo un empleo.

Raoul arqueó una ceja.

—Normalmente, yo diría que acostarte con tu jefe no es una buena idea. Pero tú tienes el problema contrario: que no te has acostado con él. Y no hay que ser muy listo para llegar a la conclusión de que tu jefe te va a despedir... ¿Cómo pudiste aceptar su propuesta? ¿Es que no piensas las cosas?

Lara se sintió profundamente herida.

—¿Quién eres tú para decirme lo que tengo que hacer? –replicó–. Ni siquiera sé cómo te atreves a juzgar a Mark, teniendo en cuenta que me estás haciendo una propuesta aún más dudosa que la suya.

Él siguió hablando como si Lara no hubiera dicho nada.

–¿Qué pensaste? ¿Que le ibas a echar el lazo?

–¿Echarle el lazo?

–Sí. Tenderle una trampa para que se casara contigo.

Lara tuvo que hacer un esfuerzo para no dejarse llevar por la indignación.

–Si quisiera echar el lazo a un hombre, habría buscado a alguien significativamente más rico y más generoso que Mark –declaró, furiosa.

–Bueno, no te pongas así –dijo con humor–. No te estaba juzgando.

Ella bufó.

–¡Por supuesto que sí!

–Te equivocas. De hecho, hay algunos aspectos de tu comportamiento que me parecen admirables.

–¿Admirables? ¿De qué estás hablando ahora?

–De tu fuerza y de tu inteligencia –contestó–. Porque hay que ser muy fuerte y muy inteligente para reconocer en tan poco tiempo que te equivocaste con él, que no es el hombre que tú creías... No hay muchas personas tan lúcidas como tú.

–¿Lo dices por experiencia?

Raoul estuvo a punto de asentir. Pero, en lugar de eso, se bebió su café de un trago y dijo:

–Tu visita a Roma no ha estado tan mal. Anoche nos divertimos, ¿no? Conseguí que olvidaras tus problemas. Y tú me devolviste el favor del mismo modo.

Ella guardó silencio.

–Bueno, ¿qué me dices? ¿Qué piensas de mi propuesta?

–Que es una locura.

–Una locura que podría funcionar. Además, no pretendo que seamos marido y mujer hasta que la muerte nos separe. No te estoy pidiendo que tires toda tu vida por la borda.

–¿Qué me ofreces entonces? ¿Un matrimonio temporal?

–En efecto. Solo tendríamos que estar casados hasta que mi abuelo fallezca. Los médicos dicen que no vivirá más de seis meses... –Raoul se detuvo un momento, como si la explicación le estuviera resultando demasiado dolorosa–. Sabe que no llegará a ver a su nieto; pero, si piensa que va a tener uno, se sentirá mejor. ¿Lo comprendes ahora?

Lara suspiró.

–Comprendo que vas a mentir a tu abuelo y que me quieres de cómplice en esa mentira.

–No me digas que tú no mientes nunca.

–Todos mentimos, pero esto...

–Esto es un negocio. Al menos, en lo tocante a ti –dijo–. No espero que lo hagas gratis. Además, te vas a quedar sin trabajo.

–Si me quedo sin trabajo, me buscaré otro.

–Como si fuera tan fácil –replicó Raoul.

–Bueno, siempre puedo volver a la universidad y estudiar algo distinto, para mejorar mis cualificaciones y cambiar de vida.

–Me gusta tu actitud, Lara. Pero la universidad no sale precisamente barata. Y, por si eso fuera poco, tienes que pagar las facturas, la comida, el alquiler... ¿O es que te puedes permitir el lujo de estar varios meses sin cobrar un sueldo?

–No me lo puedo permitir –admitió a regañadientes–. Pero eso está mal. Lo que me propones está mal.

–¿Por qué? No haríamos daño a nadie.

–Tu oferta equivale a ofrecerme dinero a cambio de sexo. Y yo no soy una prostituta.

–¿Quién ha dicho nada de sexo? –preguntó él–. Eso es opcional, y solo depende de ti. Si prefieres que tengamos habitaciones separadas, las tendremos.

–Oh, vamos... No me puedo creer que no te importe.

–Claro que me importa. Pero soy un hombre de negocios, y nunca rompo un acuerdo.

Ella sacudió la cabeza.

–No, no puedo hacerlo. Tendría que fingir que estoy...

–Perdidamente enamorada de mí –la interrumpió–. Sí, tendrías que fingirlo. Pero estoy seguro de que lo harías muy bien... ¿Y sabes por qué? Porque eres transparente. Una persona incapaz de ocultar tus sentimientos.

–¿Insinúas que me he enamorado de ti? ¿Por una sola noche? ¿Es que te has vuelto loco? –dijo, indignada.

Lara se había puesto tan vehemente que le arrancó una sonrisa.

–Si pensara que estás enamorada de mí, no te ofrecería este trato. No estoy buscando el amor, Lara.

–¿Entonces...?

–Los síntomas del amor se parecen tanto a los síntomas del encaprichamiento sexual que ningún espectador externo los puede distinguir. Nuestra experiencia nocturna ha despertado el lado más sensual de tu naturaleza. Y se nota. Se ve en tus ojos. Cualquiera se daría cuenta de que me deseas.

–Tienes una opinión muy alta de ti mismo –replicó.

–Me he limitado a decir la verdad.

Ella no se lo podía discutir, así que cambió de táctica.

–Mira, comprendo tus motivos y hasta comparto tus intenciones, que parecen buenas. Pero, si lo piensas con detenimiento, te darás cuenta de que no saldría bien. Por lo que me has contado, tu abuelo es un hombre inteligente...

–Extraordinariamente inteligente, diría yo.

–Pues no se dejará engañar.

Él sonrió de nuevo.

–Te equivocas por completo. Se dejará engañar porque tú le gustarás mucho.

–¿Ah, sí? ¿Y qué le gustará de mí? ¿Que tenga unas caderas adecuadas para ser madre?

Raoul le lanzó una mirada intensa y profunda, de depredador. Y Lara se puso nerviosa, no porque supiera que la estaba imaginando desnuda, sino que ella lo estaba imaginando a él del mismo modo.

–Deja de hacer eso –rogó–. La gente se dará cuenta...

–¿De qué? ¿De que te tiemblan las rodillas debajo de la mesa? ¿De que la boca se te ha quedado seca? ¿De que tus pupilas se han dilatado tanto que casi no se ve el verde de tus ojos?

El dedo que Raoul le puso en los labios silenció su respuesta. Pero no pudo silenciar los pensamientos del propio Raoul, en cuya conciencia se había encendido una luz de alarma.

Lara Gray le gustaba demasiado.

Capítulo 6

RAOUL no compartía la vieja creencia de que los hombres y las mujeres no podían ser amigos. Su propia vida lo demostraba. Tenía bastantes amigas y, naturalmente, admiraba y respetaba a muchas mujeres, dentro y fuera del trabajo. Pero eso no tenía nada que ver con el sexo. Y por eso estaba tan preocupado.

Lara no era como la mayoría de sus amantes. No le gustaba solo por su belleza. También le gustaba por su forma de ser.

—No tengo intención de ofenderte, Lara. Solo digo que eres incapaz de disimular lo que sientes. Y es absolutamente lógico, porque acabas de descubrir tu sensualidad.

Ella se sintió tan profundamente mortificada que reaccionó a la defensiva y dijo lo primero que se le pasó por la cabeza.

—Sí, la acabo de descubrir. Y la seguiré explorando cuando vuelva a casa, pero con otros hombres.

Raoul se quedó atónito, como si Lara le hubiera dado una bofetada. Y, cuando ella se dio cuenta de lo que había dicho, se arrepintió.

—No, no es verdad —añadió, enfadada—. Lo último que deseo en este momento es acostarme con alguien.

–Por mí, no hay problema. Si quieres que nuestro matrimonio sea estrictamente platónico, lo será –dijo él–. Mira, sé que es una propuesta de lo más extraña, pero... ¿Crees que a mí me gusta? ¿Que lo hago por placer? A decir verdad, me siento como...

–¿Como si estuvieras engañando a tu esposa?

Raoul soltó una carcajada irónica.

–No precisamente. Cuando Lucy murió, me prometí a mí mismo que no volvería a cometer el error de casarme. Sin embargo, mi abuelo significa mucho para mí, y quiero que sea feliz durante sus últimos meses de vida.

–Lo comprendo, pero no es mi abuelo.

–Por eso estoy dispuesto a ofrecerte un incentivo.

–Es decir, a comprarme...

–No, a pagar por tus servicios, como en cualquier trabajo –puntualizó Raoul–. Digamos que tienes habilidades que necesito.

–¿De qué categoría? ¿Sexuales, quizá?

–No soy un hipócrita. No voy a negar que te deseo y que estaría encantado de acostarme otra vez contigo. Pero el *palazzo* es un lugar muy grande... tan grande que, si no quieres verme, no me verás.

–¿El *palazzo*? ¿Insinúas que viviríamos en el palacio al que me llevaste? –preguntó, desconcertada–. Supuse que tendrías un piso normal, o tal vez un apartamento que...

–No tengo ningún apartamento. Yo vivo allí. Pero no viviremos en mi mansión de Roma, sino en la propiedad de mi familia.

–No, no, olvídalo... No quiero participar en esta... en esta...

–¿Mentira? –preguntó él, sonriendo.

–Sí, exactamente –replicó ella, más nerviosa que nunca–. Y si crees que yo no soy capaz de mentir...

–Oh, estoy seguro de que sabes mentir tan bien como cualquiera. Pero no sabes disimular tus emociones.

Ella se llevó una mano a la sien y se la frotó.

–No me extraña que me duela la cabeza –dijo–. Haces que quiera gritar.

–Lo sé. Gritaste muchas veces durante la noche, cuando hacíamos el amor...

Lara abrió la boca para decir algo que, evidentemente, no iba a ser un cumplido. Sin embargo, él se le adelantó y dijo:

–Creo que deberíamos hablar en un lugar con menos gente. Si seguimos aquí, se va a enterar todo el mundo.

–No voy a ir a ninguna parte. Tengo que tomar un vuelo.

–No, ya no. Despegó hace varios minutos.

–¿Cómo? ¿Has oído que llamaban y no me has avisado?

Raoul se levantó.

–Los dos sabemos que te vas a quedar en Roma. Y que vas a venir conmigo.

Ella apartó la vista, incapaz de mirarlo a los ojos.

–No va a ser tan fácil, Raoul. No se trata solo de engañar a tu abuelo... ¿Qué pasa con mi familia? Pensarán que me he vuelto loca.

–No, porque no les vas a decir la verdad. No se la puedes decir a nadie.

–¿Y qué quieres que les diga?

–Que te has enamorado de mí.

Capítulo 7

OH, DIOS mío... Lara se giró hacia su hermana gemela al oír su expresión de asombro, que no le sorprendió en absoluto. A fin de cuentas, ella se había sentido igual la semana anterior, cuando Raoul la llevó por primera vez a la mansión de su familia, que ahora era su casa.

—Sí, es un tanto... excesiva, ¿verdad?

La definición de Lara se quedaba corta. No se trataba solo del tamaño y la belleza del palacio, sino del sitio donde se alzaba: en la falda de una montaña, entre campos de olivos y un río de serpenteantes y plateadas aguas.

—Parece salido de un cuento —dijo Lily—. Es tan asombroso como el hecho de que te cases con un hombre al que acabas de conocer.

—Ah, mira, ahí está el coche de mamá... vamos a llegar al mismo tiempo que ella —declaró, intentando cambiar de conversación.

—Es increíblemente bonito —insistió su hermana—. Pero ¿no te sientes sola en un lugar tan alejado?

—¿Alejado de las discotecas y los bares? —ironizó Lara—. Bueno, tendré que encontrar la forma de divertirme, como en los viejos tiempos. Te recuerdo que yo también crecí en el campo, Lily. La única diferencia es que aquí no tenemos autobuses, sino un helicóptero.

–Y coches como este... –dijo Lily, dando una palmadita al asiento de cuero.

Lara pensó en los coches del garaje de Raoul, quien le había dado el código de entrada con la advertencia de que tuviera cuidado con las carreteras de la zona, que no se encontraban en muy buenas condiciones. Y, hasta ese día, había usado un todoterreno. Pero aquella mañana había tomado una decisión de la que se arrepintió después, porque le pareció un exceso: ir a buscar a Lily y a su madre en uno de los deportivos.

Por suerte, la limusina del abuelo de Raoul ya estaba en el aeropuerto cuando ella llegó, y como Sergio se empeñó en llevar a su madre, acabaron en coches distintos. Algo que, por lo demás, había resultado de lo más conveniente, porque viajar a solas con su hermana era menos problemático que viajar con las dos.

A pesar de ello, y de que el trayecto hasta el palacio era relativamente corto, Lily la sometió a un interrogatorio tan exhaustivo que, al final, optó por derivar la conversación hacia la historia de la mansión de los Di Vittorio. Lo que no pudo recordar, se lo inventó. Raoul se habría sentido orgulloso si hubiera estado allí, pero se había ido a París por un asunto de negocios y no volvería hasta el día siguiente, apenas una hora antes de la ceremonia nupcial.

Aún se acordaba de la última conversación que habían mantenido. Ella estaba preocupada con la posibilidad de que Lily se diera cuenta de que todo era una farsa, y a él se le ocurrió una idea que, en su opinión, evitaría sospechas: insinuar que se había quedado embarazada.

Naturalmente, Lara se negó. Dijo que no sería capaz

de fingirse embarazada todo el tiempo y delante de todo el mundo, pero él insistió con el argumento de que se dejarían ver pocas veces, porque iban a vivir en el palacio.

—¿Pretendes que eso me tranquilice? —replicó ella—. Te recuerdo que este sitio está lleno de cámaras...

—Para protegernos de extraños, no para grabarnos a nosotros.

—Esto es una locura, Raoul.

—No te preocupes. Será algo pasajero. Y, por otra parte, no me verás con frecuencia... No me quedaré aquí más de uno o dos días por semana.

—¿Uno o dos días? Pero la gente sospechará... los recién casados hacen vida en común...

—El nuestro no será un matrimonio de verdad, Lara.

—No necesito que me lo recuerdes.

Su conversación había terminado de forma extraña. En determinado momento, Lara clavó la vista en el acuerdo matrimonial que habían firmado la noche anterior y, al verlo, Raoul comentó:

—Deberías haberlo consultado con tu abogado.

—¿Para qué? Tú eres abogado, ¿no?

—Sí, pero esto sería un típico conflicto de intereses.

—¿Qué me intentas decir? ¿Que me vas a engañar?

—No, en absoluto...

—Eso espero. Y, hablando de engaños, será mejor que tengas cuidado con lo que haces fuera de nuestro matrimonio. Evidentemente, no me importa que te acuestes con otras, pero tu abuelo se llevaría un disgusto si llegara a saberlo.

—¿Me estás dando permiso para ser infiel?

—No necesitas que te dé permiso.

–¿Crees de verdad que, después de noches como la de ayer, tengo energía para acostarme con otras mujeres? ¿O solo lo dices porque estás celosa?

–¡Yo no estoy celosa! Lo digo por tu abuelo. Cuando tú no estés, seré responsable de su bienestar...

–Bueno, siempre estaré localizable. Y, si su situación empeora, sobra decir que viajaré menos. Pero, si eso no es lo que te preocupa... hazme caso, Lara: no te enamores de mí.

Lara se quedó helada con su última frase. ¿Cómo podía ser tan arrogante? No tenía intención alguna de enamorarse de él. De hecho, intentó convencerse de que ni siquiera le gustaba. Pero Raoul no debía de estar tan desencaminado, porque todavía le estaba dando vueltas al asunto cuando Lily interrumpió sus pensamientos con una pregunta:

–¿Qué clase de hombre es?

–La clase de hombre que puede conseguir que pierdas un vuelo –respondió, mintiendo con la verdad.

–¿En serio? ¿Te hizo perder un vuelo?

–Sí. Hizo lo posible para que no me subiera a ese avión.

–Qué romántico...

–Raoul es un hombre extraordinariamente romántico –dijo, por salir del paso–. Ah, mira... Ya hemos llegado.

Lara salió del coche y esperó a su hermana gemela, cuyos zapatos de tacón alto equilibraban su diferencia de altura. Siempre habían tenido gustos distintos en materia de moda, y aquel día no fue una excepción. Lily llevaba coleta, una falda vaporosa y un top con el botón de arriba desabrochado, mientras que Lara había optado por una minifalda, una camiseta de escote generoso y unas zapatillas de cuero.

–Esto es una maravilla –comentó Lily–. ¿Quién no querría vivir aquí?

Lara la miró con desaprobación.

–Yo no había visto el palacio cuando acepté la oferta de matrimonio de Raoul. Y tampoco me voy a casar con él por su cuenta bancaria.

–Yo no pretendía insinuar...

–¿Qué? ¿Que soy una cazafortunas? –dijo con irritación.

–No, en serio, yo...

Lara respiró hondo y se intentó tranquilizar, consciente de que su hermana no merecía ese tratamiento. Estaba demasiado sensible, y ni siquiera sabía por qué.

–Estás muy enamorada de él, ¿verdad? –continuó Lily.

–Bueno...

–No lo niegues, hermanita. Se nota muchísimo.

Lara se sintió tan mal que estuvo a punto de confesarle la verdad. Pero ¿qué podía decir? ¿Que había engañado a su propia familia? ¿Que se iba a casar por dinero y con un hombre que ni siquiera podía amar? Lara sospechaba desde el principio que Raoul había sufrido algún tipo de desengaño amoroso; algo que le había dejado una huella profunda. Y su primera conversación con Sergio había confirmado sus sospechas.

El abuelo de Raoul estaba muy contento de que su nieto se fuera a casar otra vez. Le dijo que la muerte de Lucy lo había convertido en una sombra de sí mismo, y que ella le había devuelto la alegría. Cuando Lara comentó que no había fotos de Lucy en ninguna parte,

Sergio le informó de que Raoul las había quitado después de su muerte, quizá porque no soportaba mirarla. Pero, a continuación, abrió un cajón y sacó una fotografía enmarcada.

Era la mujer más bella que había visto nunca. Una preciosidad rubia, de grandes y sensuales labios. Una preciosidad con la que no podía competir.

—Bueno, el amor es lo único que importa —dijo Lily en ese momento—. Espero que Raoul sea lo que necesitas.

Si le hubieran preguntado al día siguiente, Lily habría sido notablemente menos diplomática sobre el hombre que se iba a convertir en su cuñado. Aún no lo había conocido, y ese era el problema: que llegaba tarde.

—¿Cómo es posible que no esté aquí? —preguntó, caminando de un lado a otro—. ¿Qué puede haber más importante que ser puntual en tu propia boda?

—No te preocupes. Ya llegará.

Lara no supo por qué; pero, cuanto más nerviosa estaba su hermana, más tranquila estaba ella. Incluso a pesar de que los Di Vittorio se habían tomado la boda como si fuera una superproducción cinematográfica, tanto en la decoración como en la enorme y aterradora lista de invitados.

—Anda, siéntate de una vez —dijo Elizabeth Gray, su madre.

Justo entonces, apareció el jefe de seguridad del *palazzo*.

—*Buongiorno*...

—¿Ya ha llegado?

—Sí, el señor Di Vittorio llegó hace cinco minutos.

Me ha pedido que les pida disculpas por el retraso. Por lo visto, hubo una amenaza de bomba en el aeropuerto –contestó–. Pero no se preocupen... fue una falsa alarma. La ceremonia empezará en cuanto estén preparadas.

–*Grazie*, Marco –dijo Lara.

–*Signorina*...

Marco salió de la habitación y cerró la puerta.

–¿Te has dado cuenta de que lleva una pistola? –preguntó Lily entonces.

–¿Una pistola? Sí, es posible –dijo Lara con naturalidad–. No suele ir armado, pero con tantos invitados como tenemos hoy...

–El mundo de tu prometido es casi tan increíble como él mismo –intervino Elizabeth, cuya belleza y jovialidad le hacía parecer mucho más joven de lo que era–. ¿Sabéis lo que me dijo el otro día? Me pidió disculpas por organizar una boda tan modesta.

Sus dos hijas rompieron a reír, y por buenos motivos. La ceremonia nupcial se iba a llevar a cabo en una iglesia del xv, tras lo cual se serviría una opípara comida en el gran salón del palacio, entre frescos de valor incalculable y vistas de una de las zonas más bellas de la Toscana.

Súbitamente, Elizabeth cambió de actitud y miró a Lara con tristeza. Era obvio que se había emocionado.

–Bueno, por fin ha llegado el momento... Estás realmente guapa, cariño.

Lara bajó la cabeza y miró su vestido de novia, una maravilla de color crema.

–Sí, no me queda del todo mal...

–Te queda perfecto –insistió su madre–. Aunque no lo decía por el vestido, sino por ti.

Lara sonrió, pero se volvió a acordar otra vez de la preciosidad rubia que había visto en aquella fotografía enmarcada. ¿En quién pensaría Raoul cuando los declararan marido y mujer? ¿En ella? ¿O en la difunta Lucy?

Lily se acercó, la tomó de la mano y dijo:

—Aún no es tarde para echarse atrás...

—No te preocupes. Estoy bien —replicó Lara, que se giró hacia Elizabeth—. Bueno, ¿me llevas al altar?

—Por supuesto. Y no estés nerviosa... Todo el mundo se quedará encantado contigo.

—Dudo que se fijen en mí, teniendo en cuenta lo que llevo...

Lara se refería a un antiguo collar de esmeraldas que pertenecía a los Di Vittorio. Raoul se lo había dado para que lo llevara puesto durante la ceremonia nupcial, pero luego tendrían que devolverlo a la cámara acorazada donde estaban las piezas más valiosas de la familia. Y era lógico, teniendo en cuenta que valía tanto como todo el presupuesto nacional de un país pequeño.

Cuando llegaron a la iglesia, que se encontraba justo enfrente del palacio, Lara estaba hecha un manojo de nervios. Intentaba racionalizar la situación, pero no podía. Por muy bonito que fuera el lugar, aquello no tenía nada que ver con el amor. Era una farsa. Una farsa a la que ella se había prestado voluntariamente.

—Mi nieto es un hombre afortunado...

El comentario de Sergio solo sirvió para que se sintiera más culpable.

—Gracias.

—Dios mío —intervino Lily en voz baja—. Esto parece una mezcla de Hollywood y Naciones Unidas... Hay hasta miembros de la realeza...

Lara lo sabía de sobra, pero la presencia de miembros de la realeza no le incomodaba tanto como las dudas sobre Raoul y su difunta esposa. Estaba segura de que muchos de los invitados habían estado también en su enlace nupcial.

Deprimida, hizo un esfuerzo por recuperar el aplomo. Al fin y al cabo, eso carecía de importancia. En primer lugar, porque no podía evitar que la gente la comparara con aquella belleza de cabellos rubios y, en segundo, porque cualquier consideración palidecía ante el simple y puro hecho de que todo aquello era una gran mentira.

Pero ya no podía hacer nada. Salvo seguir adelante.

Sergio la tomó del brazo y la llevó por el pasillo central. Era obvio que el abuelo de Raoul no se encontraba bien. Caminaba con tanta dificultad que Lara olvidó sus temores y se concentró completamente en el anciano. Le preocupaba que tropezara y que los invitados notaran su debilidad, así que puso la mejor de sus sonrisas e hizo lo posible para que todos creyeran que era ella quien se apoyaba en él, y no al revés.

Además, no se podía permitir el lujo de que el anciano y orgulloso aristócrata terminara en el suelo. Raoul la habría hecho responsable. Y con razón, porque la idea de que Sergio la acompañara al altar había sido suya.

Raoul se había jurado a sí mismo que no volvería a casarse. Pero allí estaba, esperando a la novia junto al altar. E intentó consolarse con el hecho de que esta vez no se casaba por amor, sino por interés.

Sin embargo, el corazón se le encogió cuando vio a

Lara. Estaba preciosa y, aunque Raoul era muy consciente de las circunstancias que los habían unido, se sintió orgulloso de ella y de ser el hombre más envidiado del lugar. Aquella belleza iba a ser su mujer. Al menos, durante seis meses.

Sus miradas se encontraron segundos más tarde. Él notó su angustia y pensó que se estaba arrepintiendo de haber aceptado la oferta de matrimonio; pero entonces, ella se giró hacia Sergio, y Raoul se dio cuenta de que su angustia no tenía nada que ver con la boda, sino con el estado físico del anciano.

En circunstancias normales, habría corrido hacia ellos. Pero no se podía acercar sin llamar la atención, así que se quedó donde estaba y respiró aliviado cuando Lara llegó a la primera fila de bancos y ayudó a Sergio a sentarse.

La ceremonia fue larga, aunque Lara tuvo la impresión de que había pasado en un suspiro. Cuando terminó, solo se acordaba de la clara y profunda voz de Raoul al pronunciar los votos. No podía recordar si ella había pronunciado los suyos, pero debía de haberlo hecho, porque él se inclinó de repente y le dio el beso que sellaba su acuerdo matrimonial.

El contacto de sus labios rompió el hechizo que la había mantenido en una nube, fuera de la realidad. Y su flamante esposo no pareció sorprendido al oír la frase, definitivamente poco romántica, que susurró ella:

—Creo que tu abuelo no se encuentra bien.

Raoul asintió y, tras tomarla de la mano, la llevó a una sala contigua para que firmaran los documentos pertinentes.

Al volver al palacio, se vieron obligados a saludar uno a uno a todos los invitados, que hicieron cola para presentarles sus respetos. Raoul estaba claramente impaciente por ver a su abuelo, que se había ido en compañía de sus dos guardaespaldas. Y, al terminar la sesión, se dirigió a los presentes en voz alta:

–Gracias a todos por venir. A mi familia, a mis amigos y, particularmente, a mi bella y maravillosa esposa... –Raoul se detuvo un momento, hasta que la gente dejó de aplaudir–. Por desgracia, habréis notado que falta una persona: mi abuelo, que no se encuentra bien. Os ruego entonces que me disculpéis un momento. Os dejo en las capaces manos de Lara. Y, por favor, divertíos.

Raoul se fue, pero no antes de dirigir unas palabras a una morena impresionante que, acto seguido, se acercó a Lara con una sonrisa y dijo:

–¿Sabes montar a caballo?

–Bueno... adoro los caballos, pero tengo pánico a las alturas –respondió–. Cuando éramos pequeñas, mi hermana y yo echábamos una mano en unos establos que estaban cerca de casa. Eran de una ONG que ayudaba a niños con discapacidades.

–Oh, vaya...

Lara respiró hondo y siguió hablando con la morena, de la que más tarde supo que se llamaba Naomi y que era una buena amiga de la familia. Había llegado el momento de hacer de anfitriona. Se había casado con Raoul di Vittorio, y no tenía más remedio que ganarse el sueldo.

Casi eran las nueve de la noche cuando Raoul entró en el dormitorio, se sentó en la cama y miró a Lara, que llevaba un pijama de color verde claro.

–Lo siento –dijo.

–¿Qué es lo que sientes?

–Haberte dejado sola...

–No te preocupes por eso. ¿Qué tal está tu abuelo?

Lara ya sabía que el médico de Sergio se había empeñado en llevarlo al hospital, donde permanecería toda la noche en observación.

–Bueno, parece que no se trata de una recaída, sino de un simple problema con la medicación que toma.

Raoul se llevó las manos al cuello y se lo frotó como si le doliera. Lara se puso entonces de rodillas y, tras acercarse por detrás, le empezó a dar un masaje.

Estaba terriblemente tenso.

–¿Cómo ha ido la fiesta? –se interesó él–. ¿Han quedado contentos?

–Oh, sí, desde luego. Todo el mundo estaba encantado, aunque solo fuera por la ingente cantidad de alcohol que se han bebido –dijo con humor–. Pero yo también me he marchado pronto...

Lily, que era estudiante de arte dramático, tenía una prueba de televisión al día siguiente, y se había ido con Elizabeth a una hora bastante temprana. Cuando se fueron, Lara se sintió fuera de lugar porque no conocía a casi nadie; pero Naomi salió en su ayuda y, tras asegurarle que no la echarían de menos, le prometió que ella se encargaría de los invitados.

–Espero no haber hecho mal. Naomi me dijo que...

–Ah, Naomi... Si lo has dejado en sus manos, habrá ido bien.

–Es una mujer encantadora. ¿Su marido es el hombre que estaba en una silla de ruedas?

Raoul asintió.

–Naomi era una de las amigas de Lucy. Su esposo,

Leo, tiene esclerosis múltiple –explicó–. Y debo añadir que esa mujer es una santa. Leo no es un hombre fácil, pero cuida de él con verdadera devoción... ¡Ay!

Lara se mordió el labio.

–Lo siento. ¿Te he hecho daño? Es que me he dejado llevar...

–Lo dices como si dejarse llevar fuera malo –Raoul la miró con deseo–. Hoy estabas preciosa, por cierto. Lamento que lo de mi abuelo nos arruinara el día.

–No había nada que arruinar. Al fin y al cabo, solo ha sido una farsa.

–Que tú has interpretado muy bien.

–¿En serio? Sinceramente, no me he dado ni cuenta. Estaba preocupada por Sergio... No en vano, nos hemos casado por él.

La afirmación de Lara era indiscutible; pero, a pesar de ello, se preguntó cómo se habría sentido si se hubiera casado por amor. ¿Habría sido el día más feliz de su vida? Fuera como fuera, estaba segura de que Raoul no habría sido el hombre que la llevara al altar. Era un hombre poderoso, que se podía acostar con todas las mujeres que quisiera. Un hombre que no la habría elegido a ella.

–Sí, es verdad que nos hemos casado con él. Pero aquí, en nuestra habitación, solo estamos tú y yo...

Raoul se inclinó sobre Lara y le pasó la lengua por los labios, lentamente. Ella se quedó sin aliento, incapaz de hacer otra cosa que mirarlo a los ojos.

–Estaré fuera casi toda la semana –le informó.

A ella se le encogió el corazón.

–¿Y qué pensará tu abuelo? Ya es bastante sospechoso que no nos vayamos de luna de miel, y si encima te vas al día siguiente de la boda...

–No te preocupes por eso. Lo comprenderá. Me ha pedido que me haga cargo de los negocios familiares, y sabe que eso da mucho trabajo.

–Si tú lo dices...

Raoul la empezó a acariciar y, como de costumbre, Lara se excitó al instante. Ya no le importaba que su matrimonio fuera una mentira. De hecho, pensó que un matrimonio basado en el sexo y el interés tenía sus ventajas.

–¿Te apetece dejarte llevar? –preguntó él.

Lara cerró los brazos alrededor de su cuello.

–Oh, sí... Definitivamente, sí.

Lara se despertó alrededor de las seis de la mañana. Estaba un poco mareada, porque habían hecho el amor durante toda la noche y solo había dormido un par de horas.

En cuanto abrió los ojos, se giró hacia el espacio donde debería estar Raoul. Su esposo se había ido, pero había dejado una nota sobre la mesita de noche, que ella alcanzó y leyó rápidamente. Decía así:

Tengo que estar en Génova a las doce, por una reunión de trabajo. Llamaré a mi abuelo para ver si se encuentra mejor; pero, si surge algún problema, no dudes en ponerte en contacto conmigo. Volveré el viernes.

La nota de Raoul estaba firmada, pero no había ninguna despedida. Ni un par de palabras cariñosas.

Capítulo 8

Tres meses después

Lara se entregó por completo a la oleada del orgasmo, saboreando la dulce culminación de su necesidad.

Aún jadeaba cuando abrió los ojos y miró a Raoul.

–Guau... Ha sido...

–Sexo. Nada más que sexo.

Las palabras de su esposo fueron un jarro de agua fría para ella. Siempre lo eran, porque Raoul no perdía ocasión de pronunciarlas.

Sin embargo, Lara disimuló su tristeza tras una buena dosis de ironía.

–Y yo que pensaba que había sido algo especial... Pero me alegra que me lo recuerdes, porque eres un hombre tan absolutamente irresistible que, si no me lo dijeras todo el tiempo, correría el riesgo de enamorarme de ti.

Raoul no dijo nada. Se limitó a levantarse de la cama con un movimiento felino y recoger la ropa que había dejado en el suelo.

–Eres un verdadero dios –continuó ella–. Un hombre único, un...

–Déjalo ya, Lara.

Lara sonrió y añadió, con más sorna aún:

–Desgraciadamente, careces de sentido del humor. Y nunca me enamoraría de un hombre que no me ríe las gracias.

–Ni yo me podría enamorar de una mujer que...

Ella lo miró a los ojos, y la sonrisa de Raoul desapareció de inmediato.

¿Qué estaba diciendo? Él no se podía enamorar de ninguna mujer. Ni de Lara ni de nadie. El amor había estado a punto de destruirlo, y no iba a tropezar dos veces en la misma piedra. Además, su matrimonio era temporal; Lara y él llevaban tres meses juntos, lo cual significaba que solo tenían tres meses más por delante.

Raoul se sumió en un silencio sombrío, pero a Lara no le sorprendió. Sus silencios eran tan frecuentes que se había acostumbrado a ellos.

–Has perdido un botón –dijo, mientras él se abrochaba la camisa.

–Oh, vaya... Y no tengo tiempo de cambiarme de ropa. Ya llego tarde.

Ella se alegró de que se tuviera que ir. Tenía que darle una noticia importante, una que lo podía cambiar todo. Sin embargo, sabía que iba a ser una conversación difícil, y no ardía precisamente en deseos de afrontarla.

–Supongo que te veré el viernes...

Lara lo dijo como si no le importara su ausencia, pero le importaba. Siempre lo echaba de menos. O, mas bien, echaba de menos el sexo.

Las primeras veinticuatro horas de su matrimonio habían marcado la pauta de las semanas siguientes: Raoul se iba el domingo por la noche o el lunes por la mañana y no volvía hasta el jueves o el viernes. No tenían mucho más contacto que sus relaciones sexuales, lo cual no significaba que Lara hubiera adoptado el papel de amante clásica. La gente la trataba con respeto, y la invitaban a todo tipo de actos.

Además, casi lo prefería así. Si se hubieran visto con más frecuencia, habría corrido el peligro de enamorarse de él. Y no quería enamorarse de él.

—No —contestó Raoul.

Ella levantó la mirada.

—¿No?

—Esta semana no me voy a ir.

—¿Por qué?

—Porque quiero acompañar a mi abuelo a su cita con el oncólogo.

—Ah...

—En fin, será mejor que me marche. Volveré pronto.

Lara, que ya conocía sus horarios laborales, sabía lo que eso significaba: que no volvería antes de las doce de la noche o la una de la madrugada, es decir, demasiado tarde para soltar su bomba. Pero tampoco se engañaba a sí misma. Si hubiera querido, habría encontrado el momento.

Solo estaba retrasando lo inevitable, sopesando una y otra vez las palabras que iba a pronunciar cuando por fin lo mirara a los ojos y se dispusiera a darle la noticia: que se había quedado embarazada.

Y no había ninguna forma buena de decírselo.

Lara estuvo toda la mañana con Sergio y Roberto, viendo fotografías de la infancia de Jamie y de Raoul. Jamie, que era el mayor, parecía una versión rubia y dulce de su hermano; pero en el Raoul de entonces no había el menor fondo de oscuridad: solo era un niño pequeño que miraba a Jamie con adoración.

Tras ver unos cuantos álbumes, se emocionó tanto que se excusó y se fue a toda prisa para que los hombres no se dieran cuenta. Intentó convencerse de que su reacción se debía a las hormonas, que estaban jugando con ella; pero, fuera cual fuera el motivo, lloró sin parar durante un buen rato.

A la hora de comer, estaba tan cansada que se le cerraban los ojos; así que, después de jugar un rato con la comida, se fue al dormitorio y se acostó.

Solo se quería echar una siesta, pero durmió tres horas seguidas y se perdió su clase de equitación. Como ya no tenía remedio, se levantó sin demasiadas prisas, entró en el cuarto de baño y se refrescó un poco.

Cuando volvió al dormitorio, se llevó una sorpresa. Raoul estaba allí, colgando la chaqueta en el respaldo de una silla.

–¿Ya has llegado? Pensaba que...

Raoul se le acercó y, sin mediar palabra alguna, le dio un beso tan apasionado que la dejó sin aliento.

–¿A qué ha venido eso? –preguntó, desconcertada.

–Discúlpame, pero no lo he podido evitar. He estado pensando todo el día en ti.

Él le apartó un mechón de la cara y la besó otra vez, pero de forma más cariñosa. Luego, se apartó de ella y se dirigió al servicio.

–Vuelvo enseguida. Necesito darme una ducha con urgencia... Llevo varias horas de reunión, discutiendo con ejecutivos que estaban convencidos de que iba a despedir a media empresa. Y, para empeorar las cosas, el aire acondicionado se había estropeado.

Mientras él se duchaba, Lara se sentó en la cama y se preguntó cómo reaccionaría al conocer la noticia. Pero las perspectivas no eran buenas, y se puso tan nerviosa que empezó a caminar de un lado a otro.

Como no tenía nada que hacer, decidió guardar la chaqueta de Raoul en el armario. Y, al levantarla, el móvil de su esposo cayó al suelo.

Lara miró el aparato con odio. Cada vez que intentaba hablar con Raoul, el maldito teléfono empezaba a sonar y los interrumpía. Era un símbolo de que siempre había algo más importante que ella. Pero eso estaba a punto de cambiar.

Apagó el móvil y lo volvió a meter en el bolsillo de la chaqueta. Raoul salió del cuarto de baño un minuto después, con el pelo húmedo y una toalla alrededor de la cintura.

—Tengo que hablar contigo —dijo ella.

Él la miró con una sonrisa encantadora, que la estremeció.

—¿Hablar? Dejémoslo para más tarde...

Raoul la llevó a la cama, la tumbó y se quitó la toalla.

—No, tiene que ser ahora —insistió Lara.

—Oh, vamos...

Lara fue incapaz de resistirse a sus caricias, y pasó una hora entera antes de que volviera a retomar el asunto.

—Tenemos que hablar, Raoul.

—¿En serio? —dijo con exasperación.

—Sí.

Él suspiró.

—Está bien. Te escucho.

—Vístete antes, por favor.

Raoul le lanzó una mirada cargada de humor, como si su petición le hiciera gracia.

–Vístete –repitió–. De lo contrario, no me podré concentrar.

–Si te empeñas...

Le pasó su ropa y se puso unos vaqueros y una camiseta. Lara se vistió a su vez y, a continuación, respiró hondo. Había llegado el momento que tanto temía.

Pero la suerte no estaba de su lado y, justo entonces, llamaron a la puerta. Era uno de los miembros del equipo de seguridad de Sergio, que intercambió unas palabras en italiano con Raoul.

Cuando el guardaespaldas se marchó, Raoul dijo:

–Mi abuelo sufrió una recaída hace una hora, y se lo han llevado urgentemente al hospital... No entiendo nada. ¿Cómo es posible que no haya sonado mi teléfono? Por lo visto, me han llamado varias veces...

–Es culpa mía.

Él frunció el ceño.

–¿Culpa tuya?

–Sí. Apagué tu móvil.

–¿Por qué demonios lo apagaste?

–Yo...

Lara no sabía qué decir, así que no añadió nada más.

–¿Por qué? –insistió él, implacable.

Como no le podía decir la verdad, respondió con lo primero que se le pasó por la cabeza.

–Es que parecías tan cansado...

–¿Que yo parecía cansado? Por Dios, Lara... Te has tomado demasiado en serio tu papel. Fingirte mi esposa no es lo mismo que ejercer de tal.

Lara se sintió profundamente humillada por su comentario.

—Si tanto te molesto, me mudaré a la habitación de invitados.

—No digas tonterías...

Raoul se marchó tras lanzarle una mirada furiosa. Y Lara no supo nada más de él hasta las nueve de la noche, cuando la llamó por teléfono.

—Mi abuelo quiere verte —dijo.

—¿Qué tal está? ¿Qué ha pasado? ¿Qué...?

Lara se quedó sin saberlo, porque Raoul ya había cortado la comunicación.

Cinco minutos después, se subió a uno de los coches y se puso en marcha, intentando no pensar en su embarazo. A fin de cuentas, la situación de Sergio era más urgente. Y ya tenía demasiados problemas como para preocuparse por el futuro.

Acababa de aparcar cuando uno de los guardaespaldas de Sergio se acercó al coche y la acompañó al interior del edificio. Lara había estado con él muchas veces, y siempre se mostraba absolutamente impasible; pero aquella noche parecía emocionado.

—Estábamos en los establos, con uno de sus caballos preferidos —le explicó—. Y, de repente, perdió el conocimiento.

—¿Has hablado con los médicos? ¿Sabes cómo está?

El guardaespaldas sacudió la cabeza y, tras despedirse, la dejó en compañía de Raoul, que la estaba esperando en el vestíbulo.

—Siento haber apagado el teléfono —se disculpó

ella–. No tenía derecho a hacer una cosa así... Pero no entiendo lo de tu abuelo. He estado con él toda la mañana, y parecía estar perfectamente bien.

–No, soy yo quien debe disculparse –declaró Raoul–. He reaccionado mal y he sido injusto contigo.

Ella no dijo nada.

–Por lo visto, Sergio se desmayó cuando estaba en los establos –prosiguió él–. Ahora lo tienen con respiración asistida.

Raoul la tomó de la mano y la llevó a la habitación de su abuelo. Pero, antes de entrar, se detuvo y dijo:

–Será mejor que te prepares. Su aspecto es... Sergio está...

Raoul apartó la mirada, visiblemente emocionado. Y a Lara, que no lo había visto nunca así, se le encogió el corazón.

–Ha sufrido un infarto, ¿sabes? Parece...

–¿Sí? –preguntó ella.

Él respiró hondo.

–Parece un juguete roto. Completamente roto.

–Comprendo.

Raoul pensó que Lara no lo podía comprender. Él mismo se había creído preparado cuando el médico le explicó lo sucedido y le habló sobre las perspectivas de su abuelo, que no eran precisamente buenas. Pero se hundió de todas formas cuando entró en la habitación de Sergio y lo vio.

–Ten cuidado con lo que dices, Lara. Puede que se esté muriendo, pero mi abuelo es un hombre orgulloso, y si llega a saber que le hemos engañado...

A Lara le pareció increíble que se sintiera en la necesidad de decirle eso. ¿Por quién la había tomado?

¿Por un monstruo egoísta e insensible que no respetaba los sentimientos de un moribundo?

Sin embargo, su enfado desapareció cuando volvió a mirar a Raoul y descubrió que los ojos se le habían llenado de lágrimas. Estaba haciendo verdaderos esfuerzos por mantener el aplomo, pero no lo conseguía.

–No te preocupes por eso, Raoul.

Él asintió, abrió la puerta y dijo, intentando parecer alegre:

–Lara está aquí, abuelo. Llega tan tarde como de costumbre.

Lara se quedó helada al ver a Sergio. Había pasado mucho tiempo con él, y era más que consciente de su lento e inexorable declive físico. Sin embargo, el hombre que estaba en aquella cama, conectado a un sinfín de tubos y monitores, parecía una caricatura grotesca del hombre que ella había conocido.

Sergio la miró en ese momento. Su cuerpo podía estar destrozado, pero sus ojos seguían siendo los de una persona extraordinariamente inteligente y perceptiva. Así que Lara echó los hombros hacia atrás, disimuló su tristeza y le ofreció la mejor de sus sonrisas.

Raoul se quedó junto a la puerta mientras Lara cruzaba la habitación para dar un beso a Sergio, algo que él había sido incapaz de hacer. Luego, ella alcanzó una silla, la acercó a la cama y se sentó.

Sergio empezó a hablar. Sus palabras podían tener algún sentido en su cabeza, pero llegaban tan distorsionadas a su boca que no se le entendía nada. Sin embargo, Lara se comportó como si lo entendiera perfectamente.

Al verla, Raoul perdió el control de sus emociones. Ahora sabía que se había casado con una mujer maravillosa. Y no había dinero suficiente en el mundo para pagar la deuda que había contraído con ella.

Media hora después, salieron del hospital y se dirigieron al aparcamiento.

–¿Te sientes con fuerzas para conducir? –preguntó él–. Puedo hablar con alguno de los hombres para que te lleve.

Ella lo miró entre lágrimas.

–O puedo quedarme contigo, si te parece bien...

Raoul estuvo a punto de asentir. Le habría gustado que se quedara, pero la situación le parecía terriblemente injusta. Lara le estaba dando mucho más de lo que recibía y, desde luego, mucho más de lo que habían acordado cuando aceptó su oferta de matrimonio.

Además, él no tenía nada que darle. Lucy le había partido el corazón, y se sentía como si le hubieran robado la parte más importante de su ser, su capacidad de amar.

–No es necesario –dijo, sacudiendo la cabeza.

–Como quieras.

–Dime una cosa... ¿Qué le has dicho para que se pusiera tan contento?

Lara clavó la vista en sus ojos y respondió de la única manera posible en esas circunstancias: con la verdad.

–Que estoy embarazada.

La reacción de Raoul fue desconcertante. Su rostro, generalmente impasible, mostró toda una gama de emociones hasta que, al final, se asentó en un gesto de cálida aprobación que fue un alivio para ella.

Lara no había necesitado nunca la aprobación de nadie; pero, por algún motivo, necesitaba la de su esposo.

–Gracias por ser tan compasiva. Ha sido todo un detalle.

Lara se quedó callada. Evidentemente, Raoul creía que había mentido a Sergio. Pero ¿qué debía hacer? ¿Insistir? ¿Era el momento adecuado para decírselo?

–¿Estás segura de que estás en condiciones de conducir?

Raoul la miró de arriba abajo, y notó dos cosas que le habían pasado desapercibidas hasta entonces: que había adelgazado y que tenía ojeras.

–¿Estás a dieta? –preguntó.

Lara sacudió la cabeza, sonriendo para sus adentros. Raoul creía que su pérdida de peso se debía a algún tipo de dieta que le estaba sentando mal. Pero lo único que le sentaban mal eran sus náuseas matinales.

–Bueno, me quedaré un rato con él –continuó su esposo.

–Deja que me quede, por favor.

Raoul se encogió de hombros.

–¿Para qué? No tendría sentido.

Ella se sintió dolida, pero lo disimuló tras una sonrisa.

–Eso es cierto –dijo–. No tendría ningún sentido.

La llamada telefónica que casi había estado esperando llegó justo después de medianoche. Lara estaba sentada en el balcón del dormitorio, disfrutando de la brisa y del aroma de los pinos. Pero la persona que llamó no fue la que esperaba.

–Hola. Espero no haberte despertado.

Lara frunció el ceño. Era Naomi, la elegante y preciosa morena que había conocido el día de la boda.

–No, en absoluto.

Su réplica sonó demasiado tensa, y Lara se preguntó por qué se ponía tan nerviosa cuando hablaba con ella.

–Raoul me ha pedido que te llame. Sergio falleció hace una hora.

Lara se sintió como si el mundo se le hubiera caído encima. Pero intentó animarse con el hecho de que el orgulloso abuelo de Raoul había dejado de sufrir.

–Gracias por decírmelo, Naomi. ¿Raoul sigue en el hospital? Puedo ir inmediatamente...

–No, quédate en casa. Raoul ha dicho que no vengas. Pero no te preocupes por nada... Yo cuidaré de él.

Raoul volvió al palacio alrededor de las tres de la madrugada. Lara estaba en la biblioteca, y lo llamó al oírlo.

–Pensé que irías al hospital –dijo él, refrenando a duras penas su irritación–. Te he estado esperando.

Raoul se había quedado perplejo cuando Naomi le dijo que había llamado a Lara y que prefería quedarse en casa. No podía creer que fuera tan insensible, y se enfadó mucho cuando su amiga añadió que comprendía su actitud, teniendo en cuenta que los caminos de la zona eran una pesadilla para los turistas.

El comentario de Naomi le hizo perder los estribos, y replicó de mala manera que Lara no era una turista, sino su esposa.

Pero ¿por cuánto tiempo lo iba a ser?

Era la primera vez que pensaba seriamente en el futuro. Hasta ese instante, solo se había preocupado por hacer feliz a su abuelo y asegurarse de que pasaba sus últimos días de la mejor manera posible. Sin embargo, Sergio acababa de morir. Y, con su muerte, también desaparecían las razones que lo habían llevado a casarse con Lara.

¿Por qué no se alegraba entonces? No había dejado nada a la improvisación. Su divorcio estaba preparado desde el primer día, y se podía librar de ella en cuanto quisiera.

Por suerte o por desgracia, las cosas no eran tan fáciles. Vivir con una mujer como Lara Gray, que se mostraba tan entusiasta con el sexo como por un simple paseo por la playa, podía resultar tan terriblemente exasperante como maravillosamente excitante.

Lara le había enseñado a vivir el momento, y ya no se imaginaba sin ella. Pero, por otra parte, exigía más atención de la que un hombre como él le podía dar.

¿O no?

¿Era cierto que no se la podía dar? ¿O era más bien que no se atrevía?

—No entiendo nada —dijo ella—. Yo habría ido, pero Naomi dijo que tú no querías...

Él frunció el ceño, pero pensó que habría sido un simple malentendido.

—Oh, vaya, supongo que me interpretó mal —declaró—. Pero ya no tiene remedio... He estado con ella hasta hace un rato, cuando la he llevado a su casa.

Lara se puso tan celosa que preguntó:

—¿Y qué diablos hacía Naomi en el hospital?

—Estaba con su marido —contestó Raoul—. Le tenían que hacer un tratamiento.

Lara se sintió avergonzada de sí misma. Naomi siempre se había portado bien con ella, y no tenía ni motivos de peso para desconfiar de sus intenciones ni derecho a juzgarla. A fin de cuentas, su matrimonio con Raoul era una farsa.

—Pareces cansado.

Él se encogió de hombros, se acercó al mueble donde estaban las bebidas y se sirvió una copa de brandy. Después, alzó la copa y dijo:

—Por ti, viejo canalla.

—Si necesitas hablar...

Raoul se bebió la copa de un trago.

—No, no necesito hablar —dijo, pasándose una mano por el pelo—. No quiero hablar, no quiero pensar... solo quiero...

Él dio media vuelta y se giró hacia Lara como si la fuera a abrazar. Pero, en el último segundo, se detuvo en seco y tiró la copa al suelo, desesperado.

—Creo que esta noche dormiré en la biblioteca —anunció.

Lara se quedó confundida con el comportamiento de su esposo y con ella misma, que estaba atrapada en un conflicto emocional más que evidente. Pero tampoco quería pensar, así que achacó su confusión a los cambios hormonales y se fue al dormitorio, donde lloró a solas durante muchos minutos.

Capítulo 9

¿CÓMO está Raoul?

Lara tardó unos segundos en contestar a su hermana, con quien estaba hablando por teléfono.

–No lo sé. Sabíamos que a Sergio le quedaba poco tiempo, pero no esperábamos que fuera tan rápido... Ha estado muy ocupado con todas las cosas que hay que hacer, empezando por la organización del entierro.

Lara había dicho la verdad. El entierro, al que iban a asistir varios jefes de Estado y de Gobierno, había sido una pesadilla logística. Sin embargo, también le había dado otra excusa para no decirle nada sobre el embarazo. Y, de todas formas, tenía la sensación de que Raoul la estaba rehuyendo.

Pero ¿por qué la rehuía?

–Llámame mañana, cuando todo haya terminado –dijo Lily.

–Por supuesto.

–Lara, ya sabes que mamá y yo estaríamos encantadas de ir a Italia. Nos gustaría estar a tu lado, apoyándote...

Lara cerró los ojos, intentando refrenar las lágrimas.

–No te preocupes. Olvídalo.

–¿Cómo lo voy a olvidar? Es que tengo una cita con el médico, y mamá se ha empeñado en ir conmigo.

Lara se puso tensa.

—¿Con el médico? ¿Estás enferma?

—No, no...

—¿Entonces?

—Estoy embarazada —anunció.

—¡Embarazada!

—Sí, eso me temo. Vivo entre náuseas constantes.

Lara estuvo a punto de decirle que la comprendía de sobra, porque se encontraba en la misma situación; pero se mordió la lengua con todas sus fuerzas. No podía hablar con Lily antes de decírselo a Raoul. Habría sido injusto.

—Tenía entendido que las náuseas desaparecían tras el tercer mes de embarazo —continuó su hermana.

—¿Tras el tercer mes? ¿De cuánto tiempo estás?

—De veinte semanas —respondió—. Siento no habértelo dicho. A decir verdad, no se lo había dicho a nadie. Supongo que me negaba a aceptarlo.

—No me lo puedo creer —dijo Lara, llevándose una mano al estómago—. Estás embarazada de cinco meses, lo cual significa que ya lo estabas cuando me casé...

—Lo siento —repitió Lily—. Pero ¿cómo te lo iba a decir? Era tu día.

—¿Mi día?

Lara bajó la cabeza y se miró las manos, con lágrimas en los ojos. Y, al ver la alianza que llevaba en el dedo, se dio cuenta de que se había estado engañando miserablemente.

Fue como si el muro que había levantado alrededor de su corazón se derrumbara de golpe y sin advertencia alguna, revelando una verdad de la que ya no podía huir. Una verdad que estaba ante ella, simbolizada en el brillante oro del anillo.

Durante meses, se había repetido a sí misma que aquello no era real; pero lo era. Se había enamorado de su esposo. Raoul le había advertido que no cometiera ese error, pero lo había cometido de todas formas.

Cerró los ojos y deseó volver al pasado, a esa época de inocencia cuando creía que tenía el control de sus sentimientos, que podía elegir de quién enamorarse, que el amor podía ser seguro. A una época de mentiras; porque, a decir verdad, nadie tenía más control sobre el amor que sobre el color de sus propios ojos.

¿Cómo era posible que hubiera sido tan estúpida? La seguridad, el control y el sentido común eran factores ajenos al amor. Si hubiera podido elegir, jamás se habría enamorado de Raoul di Vittorio. No se parecía nada a su hombre ideal. Pero, al mismo tiempo, era todo lo que ansiaba, todo lo que necesitaba.

Lo amaba con toda su alma, y lo seguiría amando aunque él la rechazara y le partiera el corazón.

Lara dejó de prestar atención a la conversación telefónica. Estaba demasiado alterada por su descubrimiento. Y solo más tarde, cuando colgó el teléfono, se dio cuenta de que ni siquiera había formulado a su hermana la pregunta más obvia: quién era el padre del niño que estaba esperando.

El día del entierro amaneció nublado. Se oían truenos en la distancia, pero no empezó a llover hasta después de que dejaran los restos mortales de Sergio en la cripta familiar.

Luego, el cielo se abrió y dio paso a una tarde soleada y cálida; tan cálida que, cuando Raoul entró en la biblioteca para servirse una copa, tuvo que abrir el balcón para que entrara un poco de aire fresco.

Ya había pasado todo. Su abuelo estaba enterrado y los invitados se habían ido. Pero aún tenía un sentimiento de irrealidad, y casi esperaba que Sergio apareciera por la puerta en cualquier instante.

Se sentó a la mesa y echó un trago. Al menos, el viejo y astuto zorro se había despedido del mundo con la convicción de que, una vez más, se había salido con la suya. Lara le había dicho que estaba embarazada, y eso era exactamente lo que quería.

Al pensar en Lara, se acordó de que le había dicho que tenía que hablar con él. Y solo se le ocurría un motivo: el futuro de su relación. O, más bien, el futuro que no iban a tener, porque la muerte de su abuelo eliminaba la necesidad de que siguieran juntos.

Como tantas veces, Raoul se alegró de haberse cruzado con Lara. Tenía mucho talento, aunque dudaba que fuera consciente de ello. Y deseaba sinceramente que fuera feliz.

Si lo hubiera analizado con detenimiento, habría tenido que admitir que la quería a su lado. No para siempre, porque Raoul no creía que existiera nada eterno, sino solo un poco más; lo justo para poder seguir disfrutando de ella.

Lara le había dado pasión, cariño y estabilidad en un momento particularmente difícil para él, cuando su mundo se había derrumbado y casi todos sus seres queridos habían muerto. Lo había mantenido a flote, y le estaba muy agradecido. Pero ¿qué podía darle él? Nada en absoluto. No tenía nada que dar.

Por supuesto, Raoul se conocía lo suficiente como para saber que, si la presionaba, Lara se quedaría más tiempo. Podía manipular sus sentimientos con suma facilidad. Pero esta vez no iba a anteponer sus intereses a los de otra persona. Ella merecía algo mejor.

Y, cuando se hubiera marchado, él volvería a su vida de siempre.

Definitivamente, era lo mejor para los dos. Lara recuperaría su libertad y él se volvería a esconder tras la armadura que se había visto obligado a ponerse para sobrevivir a su primer matrimonio.

Pero Lara seguía allí, en su casa. Se había acostado después del entierro, con la excusa de que estaba muy cansada; y debía de ser verdad, porque aún dormía cuando se marchó el último de los invitados y Raoul subió a verla.

¿Se habría despertado ya?

Justo entonces, oyó un crujido en la entrada de la biblioteca. Y, naturalmente, no era su difunto abuelo, sino su mujer. Llevaba el pelo suelto, y aún no se había quitado el sencillo vestido negro que se había puesto para la ceremonia.

–¿Te encuentras mejor? –preguntó él.

Ella asintió y cruzó la sala sin hacer ruido, porque iba descalza. Sus ojos parecían más grandes que nunca; y su piel, más brillante y más clara.

–Sí –mintió ella–. No tenía intención de dormir tanto tiempo...

A decir verdad, llevaba un buen rato despierta. Naomi, que se había quedado en la casa, había entrado en el dormitorio para asegurarse de que se encontraba bien; y, tras salir de dudas, se sentó en la cama y dijo algo que dejó perpleja a Lara:

–Sé que no es asunto mío, pero he notado que... Bueno, no sé cómo decirlo... Tengo la impresión de que te sientes como si estuvieras a la sombra de Lucy.

Lara no supo qué decir.

–Te estás preocupando sin motivo –continuó–. Lucy era una verdadera bruja.

–¿Qué? Yo pensaba...

–Hazme caso. Era una bruja.

–¿Cómo puedes hablar así de ella? Eras amiga suya...

–Lucy no tenía amigos. Se limitaba a manipular a la gente –puntualizó–. Destrozó la vida de Raoul. Le hizo pasar por un infierno, y eso que él ya tenía su propio infierno personal...

–¿Su propio infierno?

–Estaba enamorado de otra persona, de alguien con quien no podía estar –dijo Naomi–. Y me alegro mucho de que te haya encontrado a ti. Sé que tú le haces feliz.

Naomi se levantó entonces y se fue, dejándola más confusa que nunca. ¿Quién era la persona de quien Raoul había estado enamorado? ¿La propia Naomi? Y, en ese caso, ¿qué sentía ella por él?

De todas formas, eso carecía de importancia. Sergio había muerto, y ya no tenían razones para mantener la farsa de su matrimonio. Solo había una cosa que podía cambiar la situación: el hijo que estaba esperando. Pero ¿qué diría Raoul cuando supiera que se había quedado embarazada? ¿Cómo reaccionaría?

Su mundo estaba lleno de preguntas, y no tenía respuesta para ninguna.

Durante los minutos siguientes, Lara se había dedicado a dar vueltas y más vueltas a las palabras de Naomi.

Cuanto más lo pensaba, más raro le parecía. No podía creer que la rubia y angelical Lucy hubiera sido una mala persona. Le parecía más probable que Naomi se lo hubiera inventado porque estaba enamorada de Raoul. A fin de cuentas, su amiga estaba muerta y ya no se podía defender.

En cualquier caso, solo había una forma de salir de dudas: preguntándoselo a su esposo. Y ese fue el motivo que la llevó a salir del dormitorio y entrar en la biblioteca.

Necesitaba saber la verdad.

—Siento haberte dejado solo —se disculpó Lara—. No me sentía muy bien.

Él se encogió de hombros, se pasó una mano para la cara y cerró el ordenador portátil, que acababa de encender minutos antes. En realidad, ni siquiera sabía por qué lo había encendido. No estaba de humor para trabajar, ni mucho menos para contestar los múltiples mensajes de condolencia.

—No te preocupes.

—Ha sido un día duro para ti...

Raoul asintió en gesto de agradecimiento, a sabiendas de que estaba preocupada por él. De hecho, Lara le había sido de gran ayuda. Sin su presencia y su apoyo, no lo habría podido soportar.

—Al menos, Naomi se ha quedado contigo —prosiguió Lara.

—Oh, sí, por supuesto. Siempre está encantada de echar una mano —ironizó.

Raoul no quería parecer un desagradecido, pero la

diferencia entre las elegantes y frías habilidades socia-
les de Naomi y las más instintivas de Lara era demasiado evidente. Su amiga sabía comportarse en cualquier situación. Nunca decía nada inadecuado. Pero su
risa tampoco era nunca tan sincera como la de Lara.

Ni su risa ni otras cosas.

Después del entierro, las dos mujeres habían estado
hablando con varios amigos de Sergio. Las dos habían
estado encantadoras, pero Raoul se dio cuenta de que,
a diferencia de Naomi, Lara los estaba escuchando de
verdad. No importaba de quién se tratara. De hecho,
Raoul estaba absolutamente seguro de que no sabía
quiénes eran ni lo importantes que eran. Y esa era la cuestión.

¡Hasta se había atrevido a dar un abrazo a su padrino!

Lara ya se había retirado a dormir cuando un anciano pero influyente multimillonario griego se llevó a
Raoul a un aparte y, tras estrecharle la mano, declaró
que tenía suerte de haberse casado con una mujer como
Lara y que, de haber sido treinta años más joven, habría
hecho lo posible por robársela.

Raoul pensó que el anciano estaba en lo cierto. Tenía mucha suerte. Y ardía en deseos de extender la du-
ración del acuerdo que habían firmado al contraer matrimonio.

Pero Lara merecía algo mejor.

–¿Y se ha ido? –preguntó ella.

–¿A quién te refieres? –preguntó él, mientras cerraba el balcón.

–A Naomi.

–Ah, sí, se ha marchado hace poco –contestó–. Pero
¿qué haces despierta? Deberías volver a la cama...

Lara lo miró en silencio durante unos momentos y, a continuación, hizo una pregunta que lo dejó desconcertado:

–¿Eras feliz?

Raoul no supo de qué diablos estaba hablando. Solo supo que su preciosa pelirroja estaba preocupada por algo, y sintió curiosidad.

–¿Cuándo? ¿Con quién?

–Con tu primera mujer. La gente dice que erais la pareja perfecta.

–¿En serio?

–¿Estabas enamorado de ella? ¿Eras feliz?

Él suspiró.

–¿Por qué me preguntas eso, Lara? Ya no tiene importancia. Lucy ha muerto, y tú eres mi mujer... ¿Adónde pretendes llegar?

–Lo sabes de sobra...

–No.

–Me refiero a que...

–Lo sé –la interrumpió–. Ese *no* es una respuesta a tu pregunta. No fui feliz con ella... Es decir, lo fui durante cinco minutos... hasta que descubrí con quién estaba.

Ella frunció el ceño.

–Entonces, ¿por qué no pediste el divorcio?

Él sonrió sin humor y se desabrochó la corbata, que dejó caer al suelo.

–Si el mundo fuera perfecto, lo habría pedido. Pero me temo que ni el mundo ni la vida son perfectos.

–No te entiendo...

–No, por supuesto que no.

Raoul pensó que Lara era la última persona que lo podía entender. Ella no tenía un fondo oscuro. Era la antítesis de Lucy, que bajo su apariencia dulce y encantadora había ocultado un ser malévolo, vengativo y convencido de que el mundo estaba en su contra.

–Pues explícamelo.

–Como si fuera tan fácil...

–Por favor... Necesito entenderlo.

Raoul ni siquiera sabía por dónde empezar. Lara tenía conciencia y empatía. No disfrutaba con el dolor de los demás, ni necesitaba un flujo constante de atención, admiración y halagos para no convertirse en una especie de monstruo.

Al pensarlo ahora, le pareció increíble que se hubiera equivocado tanto. Había confiado en Lucy porque tenía cara de ángel, y había desconfiado de Lara porque, a pesar de su belleza, no tenía nada de angelical. Pero el corazón de Lucy era oscuro y el de Lara, tierno.

–Dímelo, Raoul –insistió ella.

Raoul asintió. Le había dicho que la vida no era perfecta, y se había quedado corto. Su primera esposa tenía un problema grave: un desorden de personalidad que solo le habían diagnosticado después de que golpeara a su peluquera. Desgraciadamente, la terapia no había servido de mucho. Lucy no estaba dispuesta a asumir lo que le pasaba y, en esas circunstancias, ningún psicólogo la podía ayudar.

–Está bien, Lara. Te lo diré.

–Como sabes, Jamie era homosexual –empezó Raoul–. Cuando estaba en la universidad, se enamoró de un hombre casado... un hombre influyente con quien mantuvo una relación bastante larga. Pero lo mantenían en secreto, porque sabían que, si se llegaba a saber, el novio de Jamie tendría problemas laborales. Y una noche, estando con Lucy, mi hermano habló más de la cuenta.

—Pero Lucy era tu esposa. Ella no le habría contado a nadie que...

—Eso pensé yo. Hasta que le dije que me quería divorciar —declaró—. Lucy me amenazó con hacerlo público y destrozar la vida de ese hombre si yo seguía adelante con el divorcio.

Lara se quedó atónita.

—¿Y cómo reaccionó tu hermano?

—No lo llegó a saber... —Raoul se pasó una mano por el pelo—. Irónicamente, un mes después de que Lucy perdiera la vida, Jamie se separó del hombre en cuestión. Y, más tarde, conoció a Roberto.

Ella guardó silencio.

—Lucy se tenía a sí misma por una heroína, y no hay historia de héroes si no hay villano —continuó Raoul—. Pues bien, adivina a quién le tocó ese papel.

—A ti, por supuesto.

—Por supuesto —dijo—. Pero mi difunta esposa tenía un defecto añadido: no le bastaba con ganar. No se quedaba contenta si no destrozaba totalmente a las personas que la rodeaban. Era una paranoica con una sed de venganza insaciable.

Lara sacudió la cabeza. La preciosa rubia de rostro angelical había resultado ser el mismísimo diablo.

—No tuve más remedio que llegar a un acuerdo con ella. Le dije que seguiríamos juntos si guardaba el secreto de Jamie. Pero seguir conmigo implicaba interpretar el papel de esposa cuando estábamos en público, y no lo llevaba bien. Me humillaba siempre que podía. Incluso alardeaba de sus amantes delante de los demás.

—Dios mío...

Lara pensó que se había equivocado profundamente con Raoul. Al principio, lo había tomado por un hombre frío e implacable, un cínico que llevaba su aura de poder como si fuera una segunda piel. Pero ahora sabía que bajo su cinismo se ocultaba una gran persona: el joven idealista y romántico que había sido antes de verse condenado a la terrible tortura de estar con Lucy.

¿Lo llegaría a superar? ¿Sería capaz de olvidarlo y seguir con su vida?

—Ya no tiene importancia. Es agua pasada —dijo él, al ver que los ojos de Lara se habían humedecido—. Sin embargo, esa experiencia me convirtió en el hombre que soy, y es mejor que siga solo. Sé que no todas las mujeres son como Lucy, pero he perdido la capacidad de confiar... y, aunque la recuperara, no tengo nada que dar a una mujer como tú. ¿Comprendes lo que te estoy diciendo?

—Sí, que quieres estar solo. Pero, si haces eso, habrás concedido a Lucy la victoria final.

Esta vez fue él quien guardó silencio.

—Maldita sea esa mujer —prosiguió Lara—. Si estuviera viva, le arrancaría los ojos con mis propias manos... Sé que suena terrible, pero...

Él la miró con intensidad.

—Creo que necesito una copa —le confesó—. ¿Te sirvo una?

En lugar de contestar, Lara dijo:

—Tendrías que habérmelo contado.

–¿Para qué? ¿Para que supieras lo estúpido que soy? –preguntó, mientras se servía un brandy–. Eres la primera persona a quien se lo cuento. La única que lo sabe.

–No. Naomi también lo sabe.

–¿Naomi? –Raoul lo pensó un momento y asintió lentamente–. Sí, supongo que puede saber algo... Fue amiga de Lucy, aunque su relación se fue enfriando con el tiempo. Y a Lucy le gustaba jactarse de sus triunfos.

Lara frunció el ceño.

–No sé... Siento haber sacado esta conversación. Tu abuelo acaba de morir, y puede que no sea el momento más oportuno para recordarte un pasado tan doloroso. Pero, si no lo hablamos ahora...

–¿Lo dices porque te quieres ir? –preguntó él–. No hay prisa, Lara. No es necesario que...

–No, no... No me refería a eso.

–Entonces, ¿a qué te referías?

Lara respiró hondo. O se lo decía entonces o no se lo decía nunca.

–Hay un asunto importante que tenemos que hablar. He intentado decírtelo, pero no encontraba el momento... Verás... Ha surgido una complicación –declaró, nerviosa–. Oh, Raoul... lo siento tanto...

–¿Qué es lo que sientes?

Ella tragó saliva.

–Cuando hablé con tu abuelo y le dije que me había quedado embarazada...

Raoul pensó que se sentía culpable por haber mentido a Sergio, y le pareció tan entrañable por su parte que se acercó y la tomó de la mano, cariñosamente.

–Mentiste por una buena razón, por una buena causa –le recordó–. Es lo que se llama una mentira piadosa... Lo único que se puede hacer en determinadas circunstancias.

–No lo entiendes, Raoul. Ese es el problema... que yo no mentí. Estoy embarazada de verdad. Estoy esperando un niño.

Raoul se quedó boquiabierto. Y Lara, que había llegado al límite de su capacidad de aguante, rompió a llorar.

–Lo siento muchísimo, Raoul. No sabes cómo lo siento...

Él no se movió. Se la quedó mirando como si estuviera entre las vías del ferrocarril, viendo un tren que se acercaba a toda velocidad.

Lara se sentó en una silla y añadió:

–Sé que es una noticia inesperada. Pero, cuando tengas tiempo de pensarlo, te darás cuenta de que no cambia nada en absoluto.

Él reaccionó al fin y se arrodilló a su lado.

–¿Que no cambia nada? –dijo–. Lo cambia todo...

–Lo siento.... –repitió ella.

–¿Quieres dejar de disculparte?

Lara alzó la cabeza y lo miró a los ojos.

–No quiero llorar. Odio a las mujeres que lloran todo el tiempo...

Raoul sonrió y sacó un pañuelo.

–Anda, sécate las lágrimas.

Ella aceptó el pañuelo y se las secó, intentando recuperar el aplomo.

–Sé que es lo último que necesitabas saber en este momento, pero te aseguro que yo no pretendía...

–¿Tú? Te recuerdo que la gente no se queda embarazada sola. No es un problema tuyo; es un problema de los dos.

–Sí, claro... Pero he decidido tenerlo, Raoul. Y, antes de que digas nada, quiero que sepas que no es tan terrible como parece... Me agrada la idea de ser madre soltera –le confesó–. Aunque añado que, si quieres, podrás ver a tu hijo en fechas señaladas como cumpleaños y cosas así...

–¿En fechas señaladas?

–Si quieres –insistió.

–¿Crees que voy a permitir que lo críes sola?

–Bueno, yo...

–¿Ni siquiera te has planteado la posibilidad de que yo también quiera ser padre? –preguntó, sorprendido.

–¿Cómo me la iba a plantear? Tú mismo acabas de decir que quieres estar solo... Y ya lo habías insinuado muchas veces.

–Pero esto es distinto. Me siento responsable.

–¿Responsable? ¿Quieres quedarte conmigo porque te sientes responsable? –preguntó, ofendida–. Esa no es una buena razón, Raoul.

Él suspiró.

–Mira... No te voy a mentir. No puedo fingir cosas que no siento. Pero no quiero que mi hijo crezca sin padre, como yo.

–Eso no es suficiente.

–¿Para quién?

–Para mí –contestó con tranquilidad.

–Comprendo lo que dices, Lara... pero ¿no crees que deberíamos intentarlo? Por el bien del bebé.

—¿Y qué significa intentarlo, Raoul? ¿Me estás pidiendo que sigamos casados? Porque eso no formaba parte del plan.

—Ni eso ni tu embarazo —observó—. Pero las cosas son como son.

Ella sacudió la cabeza.

—Te confieso que me sorprendes. Pensé que te enfadarías al saberlo.

—Pues ya ves, no me he enfadado.

—Eso no cambia nada...

—Oh, por favor... ¡Lo que dices no tiene sentido! —exclamó—. ¡La gente no se divorcia cuando va a tener un bebé!

—¿Querrías seguir casado conmigo si no me hubiera quedado embarazada? —replicó.

Raoul decidió ser sincero con ella. Habría dado cualquier cosa por seguir con ella, pero estaba convencido de que no tenía nada que ofrecer.

—No.

—No, claro que no.

—Pero hay cosas más importantes, Lara. He llegado a entender lo que mi abuelo quería decir cuando hablaba de la continuidad, de los genes, de la necesidad de mantener el apellido de la familia...

—Oh, qué conveniente —ironizó ella—. ¿Y cuándo te has dado cuenta, Raoul? ¿Hace cinco minutos?

—Bueno, es cierto que, si hubiera dependido de mí, nunca habría tomado la decisión de tener un hijo. Pero lo voy a tener de todas formas, y quiero ser el mejor padre que pueda ser.

Lara se estremeció cuando, un momento después y sin advertencia alguna, él le puso una mano en la barriga. Fue un gesto de lo más inocente, pero bastó para que recobrara las esperanzas que había perdido.

—¿Crees que esto puede funcionar? —le preguntó.

—Haremos que funcione, *cara*.

Capítulo 10

TE VAS a llevar todo eso? ¿Para un fin de semana? –preguntó Raoul mientras ella cerraba otra maleta.

–Llevo pocas cosas mías –se defendió–. Casi todo son regalos para la familia.

Raoul cruzó la habitación y se sentó en la cama, junto a un montoncito de bragas y tangas de colores.

–¿Me puedes pasar eso? –preguntó Lara.

En lugar de darle las braguitas, Raoul la alcanzó y la sentó sobre sus rodillas, arrancándole una carcajada. Luego, la besó con pasión y se la quedó mirando a los ojos mientras ella pasaba los brazos alrededor de su cuello.

Lara se sentía feliz, aunque no estaba completamente relajada. No se atrevía a dejarse llevar por completo, porque era consciente de que se arriesgaba a enamorarse de él. Y no debía esperar demasiado. Para que su relación funcionara, tenía que concentrarse en lo que Raoul le podía dar, no en lo que ella habría querido.

Además, estaba encantada con la situación. Raoul no podía ser más romántico y, por si eso fuera poco, la idea de tener un hijo le gustaba cada día más.

–Será mejor que me sueltes... Aún no he terminado de hacer el equipaje.

Raoul la soltó y se dedicó a observarla mientras ella guardaba el resto de las cosas.

—¿Qué pensarán tu madre y tu hermana cuando se lo digas? ¿No les parecerá mal que hayas esperado tanto?

Él había respetado su decisión de guardar el embarazo en secreto, aunque no entendía sus motivos. Y siguió sin entenderlo cuando ella se lo repitió.

—Yo no soy la única que está esperando un niño. Lily también está embarazada, Raoul. Y no quiero que se preocupe por mí.

Raoul frunció el ceño.

—Eso no tiene ni pies ni cabeza. Comprendo que no quieras que se preocupe, pero estoy seguro de que tu hermana se habría llevado una alegría. Habríais tenido algo más en común, lo cual no es poco teniendo en cuenta que sois gemelas.

Raoul no se lo había dicho nunca, pero le parecía asombroso que, siendo como eran físicamente idénticas, Lara lo volviera loco y Lily solo le causara indiferencia. ¿Cómo era posible? Ni siquiera se podía decir que Lily fuera aburrida o poco interesante. Sin embargo, no despertaba en él ningún interés sexual.

¿Sería un problema puramente químico? ¿O es que lo que sentía por Lara iba más allá del deseo?

Se lo había preguntado muchas veces, y siempre evitaba la respuesta porque tenía miedo de asumir que se había enamorado de su esposa. Pero tendría que afrontarlo en algún momento. No podía permitir que Lucy lo envenenara desde la tumba y destrozara su futuro.

Raoul puso fin a su diálogo interno con un argumento que también había utilizado muchas veces: si las cosas estaban bien como estaban, ¿por qué complicarse la vida?

–Lily no está en la misma situación que yo. Va a ser madre soltera, y no quiero que se sienta mal al compararse conmigo.

Raoul le acarició el cabello y le dio un beso en los labios.

–Dudo que se sintiera mal por eso. Pero nadie podría negar que eres una buena hermana...

Lara echó la cabeza hacia atrás y rompió a reír.

–¿De qué te ríes? –preguntó él–. ¿He dicho algo gracioso?

–Oh, sí... Yo nunca he sido la hermana buena. Ese papel es de Lily.

Lara giró la cabeza, ocultándose tras la cortina de su pelo. Era verdad que no quería preocupar a su hermana, pero eso no tenía nada que ver con las razones que la habían llevado a guardar el asunto en secreto.

Lily era una mujer muy inteligente. Se le escapaban pocas cosas, y sabía cuándo y cómo hacer preguntas para averiguar lo poco que se le escapaba. Y Lara no se quería arriesgar a que forzara la situación y la obligara a contarle la verdadera historia.

Estaba segura de que no aprobaría lo que había hecho. En primer lugar, se había ido a Roma para perder la virginidad con un hombre y se había acostado con otro; en segundo, había aceptado una oferta de matrimonio por dinero y, en tercero, se había enamorado de un marido que la había dejado embarazada y que, además, solo la quería por su cuerpo.

Sencillamente, se sentía incapaz de decirle a Lily que su matrimonio había sido una mentira desde el principio; y que la única razón de que Raoul y ella siguieran juntos era que iba a tener un bebé.

–Bueno, el hecho de que Lily tenga fama de buena y tú de rebelde no significa que estés obligada a serlo...

–Por supuesto que no –dijo a la defensiva.

Raoul la miró con extrañeza.

–No pretendía insinuar que tu rebeldía sea una estrategia deliberada –declaró–. ¿Nunca has considerado la posibilidad de que tu hermana no sea tan conservadora como crees ni tú tan rebelde? Sois personas distintas, solo eso.

–Ah, vaya... ahora resulta que no soy rebelde...

Raoul premió el tono juguetón de Lara con un gemido de deseo, que acompañó con una lenta y erótica caricia de su espalda y un largo y apasionado beso.

Cuando rompieron el contacto, habían pasado varios minutos.

–Tengo que hacer el equipaje –insistió ella.

–¿Y quién te lo impide? –replicó con inocencia.

Por fin, Lara cerró su bolso y echó un último vistazo a la habitación.

–¿Ya has terminado? –preguntó Raoul con ironía–. En ese caso, le diré a Vincenzo que traiga el coche.

Justo entonces, sonó su móvil.

–Maldita sea...

–Habla tranquilamente. Te espero fuera.

Cuando terminó de hablar por teléfono, el equipaje ya estaba en el maletero y Lara, en el asiento de atrás. Raoul se sentó junto a su esposa e hizo un gesto al chófer para que se pusiera en marcha.

–¿Echas de menos a tu familia? –preguntó, notando su ansiedad.

—Sí. Sobre todo ahora, con el embarazo.

De repente, Lara se llevó una mano a la barriga.

—¿Te encuentras bien?

—Creo que sí, pero...

En ese preciso momento, Lara notó un extraño calor entre las piernas que no parecía ser normal.

—¡Raoul!

—¿Qué ocurre?

Raoul se quedó momentáneamente paralizado cuando vio la sangre que empapaba la falda de Lara y el asiento del coche.

—Algo va mal —susurró ella.

Las palabras de Lara lo sacaron de su parálisis. La tomó de la mano y gritó al chófer, que dio media vuelta de inmediato y aceleró a fondo, haciendo caso omiso de los pitidos de los otros conductores.

—No te preocupes. Vincenzo es un gran profesional... Llegaremos a urgencias en cinco minutos —le aseguró.

Raoul no lo dijo, pero tuvo miedo de que cinco minutos fueran demasiado tiempo. Había mucha sangre, y ella estaba terriblemente pálida.

—¡Más deprisa! —exclamó.

Vincenzo intentó hacerle caso, aunque ya iba a toda velocidad. Y por una de las principales autopistas.

—¿Estará bien el bebé, Raoul...?

Raoul tragó saliva. Nunca se había sentido tan impotente.

—No hables, *cara*. Ahorra fuerzas... ¡No, no! ¡No cierres los ojos! ¡Sigue conmigo! —dijo con voz quebrada—. ¡Sigue conmigo!

Lara alzó los párpados, y él soltó un suspiro de alivio.

–Oh, te he llenado el coche de sangre...

–Bueno, no te preocupes por eso; ya te enviaré la factura –dijo él, intentando animarla–. Todo va a salir bien, Lara. Solo tienes que aguantar un poco.

–Pero ¿quién se creen que son? ¡No pueden aparcar aquí! –gritó un enfermero–. ¡Es la entrada de urgencias!

–¡Y esto es una maldita urgencia! ¿Es que no lo ve? –preguntó Raoul–. ¡Llame inmediatamente a un médico! ¡Vamos!

El enfermero se disponía a contestar a Raoul cuando vio a Lara en el asiento del coche y se dio cuenta de que estaba a punto de desmayarse. Rápidamente, se giró y llamó a gritos a dos de sus compañeros, que la pusieron en una camilla.

El médico apareció un segundo después, y acribilló a Raoul con preguntas tan concisas como rápidas sobre lo que había sucedido.

–No puede entrar con nosotros –declaró al final–. Quédese en la sala de espera. Le avisaremos cuando sepamos algo.

–No, no me puedo quedar aquí... tengo que...

Raoul intentó seguirlos, presa del pánico; pero lo apartaron sin contemplaciones y, súbitamente, se encontró solo al otro lado de una puerta que se abrió y cerró muchas veces a lo largo de las horas posteriores.

Ya había perdido la cuenta de la gente que entraba y salía cuando apareció un hombre alto y de cabello canoso que le estrechó la mano.

–¿Señor Di Vittorio? Soy el cirujano de su esposa.

A Raoul se le encogió el corazón.

—¿El cirujano?

—Sí, pero no se preocupe. La operación ha salido bien.

Raoul no supo qué decir. Estaba temblando.

—Supongo que se estará haciendo muchas preguntas.

—Sí, claro... todo ha pasado tan deprisa...

—Bueno, si tiene la amabilidad de acompañarme a mi consulta, le explicaré la situación.

Lara fue vagamente consciente de que la tumbaban en una camilla, pero lo fue como si estuviera en un mal sueño. La mano de Raoul ya no estaba sobre la suya. Ahora avanzaban por un ancho corredor, bajo luces tan intensas que le hacían daño. Y, antes de que se diera cuenta de lo que pasaba, se hizo la oscuridad.

—Despierta, Lara...

Ella abrió los ojos al reconocer la voz. Era Raoul.

—Raoul...

—No han podido salvar al bebé, *cara*.

Lara ya se lo había imaginado, pero no lo quería creer. Y solo lo aceptó cuando lo oyó de su boca.

—¿Qué he hecho mal? —preguntó, desesperada.

Raoul no tuvo ocasión de responder, porque en ese momento apareció un hombre en mangas de camisa, cuyo estetoscopio anunciaba su profesión: la de médico.

—Usted no ha hecho nada, señora —dijo el recién llegado—. Sé que muchas mujeres se sienten culpables después de haber perdido un bebé, pero no es culpa suya en absoluto. Son cosas que pasan. Nadie habría podido hacer nada.

–Pero si estaba de veinte semanas... Yo creía que, después del tercer mes...

–Abortar en el segundo trimestre no es tan habitual como abortar en el primero, pero tampoco es excepcional en modo alguno –explicó.

–¿Por qué? No lo entiendo...

–Por muchas razones. En su caso, me temo que el bebé llevaba muerto más tiempo del que imagina.

–¡Eso no es posible! ¡Me habría dado cuenta!

El médico le puso una mano en el brazo y preguntó:

–¿Ha sangrado hace poco, aunque haya sido una cantidad pequeña?

Lara parpadeó.

–No, no recuerdo que... Oh, espere un momento... Sí, esta mañana, pero no le di importancia –admitió.

–Como ya le he explicado a su marido, ha sufrido un aborto espontáneo por culpa de una infección, que a su vez causó la hemorragia. Por fortuna, hemos intervenido antes de que la sepsis se extendiera, lo cual ha evitado males mayores.

Lara no supo qué decir.

–En fin, les dejaré unos momentos para que puedan hablar, pero tendrán que ser breves. Ahora necesita descanso. Si todo va bien, podrá volver a casa mañana por la mañana.

El médico se despidió y cerró la puerta al salir.

–No siento nada –dijo ella entonces.

–Será por los analgésicos que te han dado...

–No, no me refiero a eso... Me refiero a que no siento nada dentro de mí. Es como si me hubiera quedado vacía.

Raoul la miró a los ojos, abrumado por la tristeza.

–Venga, di lo que estás pensando –prosiguió Lara–. Es tan obvio que cualquiera lo adivinaría... Ese niño era la única razón por la que seguíamos juntos... Con su muerte, también ha muerto nuestro matrimonio.

–Pero ¿qué estás diciendo, Lara?

–No me mires así, Raoul. No voy a organizar ninguna escena.

Raoul intentó darle un abrazo para tranquilizarla, pero ella se apartó con furia.

–¡No te atrevas a tocarme! –bramó–. ¡No quiero que sientas lástima de mí!

Raoul se sentó en una silla y se pasó una mano por el pelo.

–No siento lástima de ti. Solo estoy angustiado... por los dos, por nosotros.

Ella sacudió la cabeza.

–¡No hay ningún nosotros! Pensándolo bien, ha pasado lo mejor que nos podía pasar.

–No digas tonterías –dijo él, intentando ser razonable–. Yo no llevaba ese niño en mi interior y, en consecuencia, no puedo ni imaginar lo que sientes... Pero también era hijo mío, Lara. Y voy a estar contigo, a tu lado.

Cuando Lara volvió a hablar, su rabia se había convertido otra vez en desesperación.

–Nunca pensé que me sentiría así, pero quería tener ese niño. Lo quería de verdad, aunque no espero que lo entiendas.

–Yo también lo quería.

–Porque te sentías responsable, nada más.

–No quiero ser el último Di Vittorio. He visto demasiadas muertes, demasiadas desgracias... Y, cuando te quedaste embarazada, recuperé la esperanza que había perdido —le confesó—. Empecé a ver el futuro con ojos nuevos.

—¿Estás hablando en serio?

—Por supuesto que sí. Aunque no me di cuenta hasta hace poco.

Ella guardó silencio.

—Lara, sé que la vida te ha dado un golpe terrible, pero eres una mujer fuerte y saldrás adelante. No pienses ahora en nuestra relación. Ya tendrás tiempo de tomar las decisiones que te parezcan oportunas... Solo te pido una cosa: que dejes que cuide de ti.

—¿Hasta cuándo?

—Hasta que te recuperes.

—¿Y qué pasará después?

Lara pensó que la petición de Raoul no tenía ningún sentido. Si al final se iban a separar de todas formas, ¿por qué quería esperar? Era mejor que se separaran de inmediato. Sería menos doloroso que una despedida lenta.

—Eso depende de lo que quieras. El médico dice que estás bien, y que puedes intentarlo otra vez...

—¿Intentarlo? ¿Quieres que me vuelva a quedar embarazada de ti?

—Solo te pido que esperemos y veamos lo que pasa —contestó—. Pero si prefieres que te lleve con tu familia...

Lara sacudió la cabeza. Lily iba a tener un niño, y no le podía hacer eso.

—Si te sientes mejor, échame la culpa a mí —siguió él—. Solo se trata de que te recuperes. Y la próxima vez...

–La próxima vez podría salir tan mal como esta.

A él se le hizo un nudo en la garganta.

–No pienses en esos términos –le rogó Raoul–. Es demasiado pronto... Concéntrate en ponerte mejor.

Lara no llegó a oír su última frase. Se había quedado dormida.

Raoul volvió al hospital a la mañana siguiente. Lara se había levantado y se había vestido; pero estaba hablando por teléfono con su madre y, al ver a su esposo, decidió acortar la conversación.

–Bueno, será mejor que te deje, mamá. Dale recuerdos a Lily...

–¿Va a venir? –preguntó Raoul.

Ella bajó la cabeza.

–No.

Él se preocupó al instante. Temía que Lara se fuera a ver a su familia y no volviera nunca. Pero ¿qué podía hacer? Por primera vez en su vida, estaba en una situación que escapaba completamente a su control.

–Entonces, ¿vas a ir tú?

Ella respondió del mismo modo.

–No.

Raoul frunció el ceño, tan extrañado por su actitud como por el hecho de que no se atreviera a mirarlo a los ojos.

–¿Qué pasa, Lara?

Ella suspiró y alzó la cabeza.

–No me mires de ese modo, Raoul. No le he dicho nada.

–¿Qué es lo que no le has dicho?

–Que he perdido el bebé –respondió–. A fin de cuentas, no sabía que iba a tener un niño, así que tampoco le puedo decir que lo he perdido.

Lara se mordió el labio inferior y se echó el pelo hacia atrás. Raoul vio la lágrima solitaria que descendía por su piel, y la exasperación que había sentido hasta ese momento se transformó en pánico y tristeza.

–No me mires así –insistió ella–. La decisión es mía. Y te aseguro que, si le dices algo a mi madre o a mi hermana, no te perdonaré nunca.

–Pero...

–¡Lo digo en serio, Raoul!

–Está bien.

Lara creía que Raoul se iba a enfadar con ella, y se había preparado para enfrentarse a su ira. Pero no supo qué hacer ante su desconcierto, y el muro que había erigido cuidadosamente a su alrededor se empezó a derrumbar.

–De todas formas, yo no soy la única que guarda secretos a su propia familia. Lily no me ha dicho quién es el padre del niño que espera.

Lara se frotó los brazos con nerviosismo, como si tuviera frío. Él se quitó la chaqueta, se la puso por encima de los hombros y le dio un beso en la frente.

–Esto es tan difícil, Raoul... –dijo, quebrándose al fin–. Quiero que Lily sea feliz. Lo deseo de verdad, pero... no dejo de preguntarme por qué ha muerto mi bebé y el suyo sigue vivo. ¿Será que soy una mala persona?

Lara se llevó las manos a la cabeza, y él tuvo que refrenarse para no tomarla entre sus brazos. La conocía lo suficiente como para saber que, en ese momento, no habría sido la estrategia más adecuada. Así que buscó otro camino.

—El victimismo no te sienta bien, *cara*. No es digno de ti.

Ella alzó la cabeza y lo miró con rabia, para alegría de Raoul. Había conseguido lo que quería: romper su desesperación y obligarla a reaccionar.

—Siento que tengas problemas con tu hermana.

Lara suspiró.

—Echo de menos la relación que teníamos... Lo compartíamos todo, y ahora no sé nada de nada —declaró—. Pero no te quiero aburrir con esas cosas.

—¿Quieres que hable con ella?

Ella lo miró con incredulidad.

—¿Tú? ¿Y qué le vas a decir?

Raoul guardó silencio porque, a decir verdad, no tenía la menor idea. De hecho, ni siquiera sabía por qué se había ofrecido a hablar con Lily.

—Olvídalo... Además, tampoco es para tanto. Supongo que estoy sacando las cosas de quicio porque me siento más débil que de costumbre.

—Es lógico —dijo él—. Pero si necesitas hablar...

Si hubiera estado con otra persona, Raoul habría intentado ayudarla de un modo más directo. Pero Lara era de las que nunca pedían ayuda y, por otra parte, tenía un temperamento tan rebelde que tendía a hacer lo contrario de lo que le decían. En consecuencia, solo podía hacer una cosa: ser cauteloso y no opinar demasiado.

—No —replicó ella, sacudiendo la cabeza—. Sé que tienes buenas intenciones, pero no tengo ganas de hablar.

Raoul asintió. Lara ya había rechazado el tratamiento psicológico que le había ofrecido el médico del
hospital. No quería abrir su corazón a un desconocido
y, por lo visto, tampoco se lo quería abrir a él. Era obvio que iba a hacer lo de siempre: guardar los sentimientos y los recuerdos dolorosos en un rincón distante, cerrar la puerta y seguir con su vida como si no
pasara nada.

—Entonces, ¿qué quieres hacer?

—Irme a casa. Solo eso.

Capítulo 11

LARA se acordó de la primera vez que entró en el palacio de los Di Vittorio. Su voz resonaba en los techos abovedados del impresionante edificio, y ella tenía la impresión de que los antepasados de Raoul la miraban desde los retratos de las paredes con toda una gama de desaprobación.

Estaba tan nerviosa que tropezó con una armadura, y sus esfuerzos por fingir naturalidad fracasaron estrepitosamente. Y no fue porque no tuviera experiencia con ese tipo de lugares. Su madre había sido ama de llaves en un sitio parecido, así que los conocía bien. Pero el palacio de la familia de Raoul los superaba a todos.

Sin embargo, su actitud había cambiado con el paso del tiempo. Y aquel día, cuando volvió del hospital, se sintió como si estuviera en el paraíso. Como si estuviera en su hogar.

Ya no era la misma.

Al llegar al salón, vio que la mesa estaba llena de objetos. Y preguntó a Raoul:

—¿Qué es eso?

—No tengo ni idea —admitió él.

Raoul se acercó y, tras echar un vistazo, dijo:

—Creo que son para ti.

–¿Para mí?

A Lara se le encogió el corazón cuando vio el primero de los regalos, un ramo de rosas que le había enviado el jardinero del palacio, hombre hosco y corto de palabras que ganaba todos los años el concurso de horticultura.

Tras disfrutar un momento de su fragancia, alcanzó el segundo de los regalos.

–Dios mío... Marguerite me ha preparado mis galleras preferidas –dijo, refiriéndose a la cocinera–. Ya sabes, las de almendras.

–Vaya...

–Y, por lo que dice la nota, Rosa le ha echado una mano.

–¿Rosa? ¿Quién es Rosa?

–Una de las pinches de Marguerite. Está estudiando bellas artes, y sé que algún día será famosa –declaró–. Le suelo prestar mis revistas.

Raoul empezó a entender que Lara fuera tan popular entre la plantilla. Llevaba poco tiempo en el palacio, pero sabía más de ellos que él mismo.

–Son tan amables...

–Se nota que te los has ganado.

Lara apartó la mirada y volvió a hundir la cara en el ramo de rosas. Él estaba en lo cierto, pero ella habría preferido ganarse otra cosa: el corazón de su esposo. Y creía haber fracasado en el intento.

–¿Hablabas en serio? –preguntó a Raoul.

–¿A qué te refieres?

–A lo de intentarlo otra vez.

–Sí, claro. Pero supongo que no es el momento más oportuno para planteárselo.

Ella se encogió de hombros.

—Puede que lo sea. De hecho, lo he estado pensando y me parece bien.

Raoul sacudió la cabeza.

—Es demasiado pronto, Lara. Ya lo decidiremos más adelante.

—¿Cuándo?

Él se quedó sorprendido.

—¿Me estás pidiendo que te dé una fecha?

Lara apretó los labios y guardó silencio.

—Mira... aunque te sientas mentalmente fuerte, tu cuerpo se tiene que recuperar —observó él—. Ahora bien, si sigues pensando lo mismo dentro de un año...

—¡Un año! ¡Eso es demasiado tiempo!

—Bueno, pues nueve meses...

—No voy a cambiar de idea —sentenció.

Lara había dicho la verdad, pero sospechaba que el problema era otro: que Raoul no estaba tan seguro como ella.

Raoul se apartó un poco cuando Lara abrazó a su madre y a su hermana y se inclinó para dar un beso al bebé que Lily sostenía entre sus brazos. Se notaba que hacía verdaderos esfuerzos por mostrarse alegre, pero sus ojos brillaban con una tristeza profunda.

Por suerte, sus familiares no se dieron cuenta. Toda su atención estaba en el bebé. Sin embargo, Raoul fue dolorosamente consciente, y se sintió como si le hubieran clavado un puñal en el corazón.

De hecho, no supo si reír o llorar cuando, un instante después, Lara les ofreció una sonrisa radiante en una interpretación digna del Oscar a la mejor actriz.

–Bueno, me alegra que seas tú quien haya dado a luz, y no yo –dijo, dándose una palmadita en el estómago–. No me apetece tener que cambiar de vestuario.

Raoul se preguntó cuántas veces habría adoptado esa actitud aparentemente despreocupada y superficial, sin más intención que la de ocultar sus verdaderos sentimientos.

Su esposa era una mujer muy sensible, y él había estado a punto de buscar una excusa para acortar la estancia de su hermana y su madre y ahorrarle disgustos. Al final, había tomado la decisión de mantenerse al margen porque Lara parecía decidida a agasajar a Lily. Pero se había prometido a sí mismo que, si no superaba su angustia, hablaría con ellas y les contaría lo sucedido.

–Es increíble lo grande que está... –dijo Lara.

–Crecen mucho en el primer año –comentó Lily.

Solo habían pasado un par de semanas desde el aborto cuando Lara se empeñó en ir a ver a su familia. Raoul la intentó disuadir, y lo consiguió durante unos cuantos meses. Luego, ella perdió la paciencia y lo amenazó con marcharse sola, así que él no tuvo más remedio que dar su brazo a torcer.

Pero la visita estaba llegando a su fin.

–Adiós, Emily Rose... sé buena con tu madre.

La niña extendió un bracito hacia Lara y la intentó agarrar del pelo.

–No, Emily, eso no se hace... –dijo Lily.

Raoul notó que Lara estaba al borde de las lágrimas, y carraspeó para interrumpir la despedida y acelerar las cosas.

–Será mejor que nos vayamos. Se está haciendo tarde...

El truco funcionó a la perfección y, momentos después, salieron de la casa y subieron al coche que los estaba esperando.

–¿Por qué has dicho eso? –preguntó ella–. Yo creía que teníamos tiempo de sobra...

–Y lo tenemos.

Lara lo miró con ojos húmedos.

–Oh, Raoul... No era necesario. Lo estaba llevando bien.

–Lo sé, pero a mí se estaba haciendo muy duro.

Ella se quedó sorprendida con la afirmación de su esposo, pero cambió rápidamente de tema.

–Me alegro de haber venido. Las echaba mucho de menos.

Raoul asintió en silencio.

–La niña de Lily es preciosa, ¿verdad?

–Sí, aunque me extraña que nadie hable de su padre.

–No se lo habrás preguntado... –dijo con horror.

–¿Preguntárselo? Dijiste que me matarías si me atrevía a preguntárselo.

–Uf... menos mal.

–Pero ha sido una tortura. Como estar en una cacharrería y no poder hablar sobre el elefante que lo destroza todo.

–Sí, ya me lo imagino. También ha sido duro para mí... Especialmente, porque la maternidad de Lily me recuerda al hijo que perdimos.

Lara se llevó una mano al pecho y respiró hondo. Raoul se había portado muy bien con ella. Y no solo durante el viaje, sino durante los meses anteriores. Había demostrado una paciencia asombrosa, teniendo en cuenta que, cuando no se enfadaba con él sin motivo alguno, rompía a llorar.

–Sé que no he sido justa contigo, Raoul. He convertido tu vida en un infierno, y eso no formaba parte de nuestro contrato original.

–Bueno, yo rompí ese contrato cuando te dejé embarazada.

–¿Insinúas que seguimos juntos porque te sientes culpable?

A Raoul le habría gustado decir que sí, pero habría mentido. Su sentimiento de culpabilidad formaba parte de la ecuación, pero no seguía con ella por eso.

–Ya han pasado nueve meses desde mi aborto –continuó Lara–. Y, por si te lo habías preguntado, no he cambiado de opinión.

–¿En serio? Es curioso, porque tenía la sensación de que ya no pensabas lo mismo.

Lara lo miró con sorpresa. Raoul era tan perceptivo que adivinaba hasta sus secretos más profundos.

–Sí, bueno... admito que lo dudé durante una temporada –le confesó–. Me parecía que tener otro hijo era como traicionar la memoria del primero... Supongo que te parecerá una locura.

–No, en absoluto.

–De todas formas, tener hijos no es tan fácil. Puede que no lo consigamos.

–Lo conseguiremos. Y si no lo conseguimos, no será por no intentarlo.

–Entonces, ¿tú tampoco has cambiado de idea?

Él sonrió. No había cambiado de idea; pero, en cualquier caso, habría hecho cualquier cosa con tal de hacerla feliz.

–No –dijo con suavidad.

–¿Y cuándo empezamos? –dijo ella con ojos libidinosos–. Por mí, podemos empezar en el helicóptero que nos llevará al aeropuerto...

Raoul se excitó al instante.

–¿En el helicóptero? ¿No te parece demasiado?

Ella soltó una carcajada.

–Bueno, supongo que podemos esperar unos minutos más. A fin de cuentas, ¿de qué sirve tener un avión privado si no se aprovecha?

Él sonrió de oreja a oreja.

–Me encanta tu forma de pensar.

Capítulo 12

Ocho meses después

La idea fue de Lara. Quería recuperar los bailes de máscaras que se celebraban antiguamente en el palacio y, como Raoul no tuvo corazón para negarse, se salió con la suya. Pero, si hubiera sido por él, habría señalado los altos muros que rodeaban la propiedad y habría dicho que estaban allí para que la gente no pudiera entrar.

En todo caso, Lara se esforzó tanto en la organización que el éxito parecía asegurado. Y todo habría salido a pedir de boca si él no hubiera hecho un comentario inocente que la sacó de quicio. Al ver el generoso escote del vestido negro que se había puesto, Raoul se estremeció y dijo:

–¡No te puedes poner eso! Es demasiado...

–¿Ahora me vas a decir lo que me puedo poner y lo que no? –bramó ella.

La agresividad de Lara resquebrajó la paciencia de Raoul, que ya estaba bastante dañada por la excitación sexual que su escote le había provocado.

–¿Siempre tienes que ser tan obstinada?

–Soy como soy, y no es asunto tuyo.

–¿Cómo que no? No quiero que a mi esposa la detengan por llevar un vestido que...

Ella lo miró con ira.

—¿Me estás diciendo que parezco una puta?

—Yo no he dicho eso...

—¡Pues me importa un bledo lo que pienses! Además, no tengo la culpa de que seas tan conservador como la mayoría de los hombres.

—Para empezar, yo no soy la mayoría de los hombres. Soy tu esposo —dijo—. Y, para continuar, no creo que debas...

—¿Qué, Raoul? —lo interrumpió—. Solo quieres que te obedezca y que me acueste contigo. De hecho, estás convencido de que me puedes manipular con unas cuantas caricias.

—Lara, yo...

Justo entonces, llamaron a la puerta. Era Sara, una de las criadas, que entró en la habitación tras esperar un momento y dijo:

—Siento interrumpir, pero los encargados de la comida tienen un problema con las esculturas de hielo. Dicen que no pueden trabajar con...

Raoul soltó un gemido de exasperación, que incomodó a la criada e irritó un poco más a su esposa.

—No te preocupes —dijo Lara—. Bajaré enseguida y hablaré con ellos.

Sara asintió y se fue rápidamente.

—¿Por qué eres tan maleducado?

—¿Maleducado? ¿Yo?

—¡Sí, tú! No eres capaz ni de sonreír un poco... La has puesto nerviosa.

—Pues no parece que te ponga nerviosa a ti.

—Oh, no, desde luego que no. Pero, a cambio, tienes la extraña habilidad de sacarme de mis casillas.

—Por Dios, ¿no crees que estás exagerando un poco?

Y, además, ¿por qué tienes que bajar tú a hablar con los del servicio de catering? ¿Es que no conoces el concepto de delegar el trabajo? –preguntó.

Ella no dijo nada.

–¿Piensas servir también la sopa y dirigir personalmente la orquesta?

–Solo quiero que todo salga bien –se defendió Lara–. Y sería bastante más fácil si me apoyaras un poco.

–¿Para qué? La gente se divertirá en cualquier caso... Beberán más de la cuenta y dirán cosas de las que se arrepentirán al día siguiente, como es lógico. Pero a ti no te preocupa eso, ¿verdad? Crees que te van a juzgar, y te equivocas. Te has obsesionado con algo que solo está en tu imaginación.

–¿Ah, sí? Pues tú me acabas de criticar por el aspecto que tengo. Yo diría que eso es juzgarme, *caro*.

Raoul, que ya estaba bastante sorprendido con el enfado de Lara, se quedó atónito al oír sus siguientes palabras:

–¡Puede que no sea capaz de quedarme embarazada, pero soy perfectamente capaz de organizar una fiesta!

–Pero ¿qué estás diciendo? –preguntó él, angustiado–. Nadie ha dicho que tú.. que nosotros...

–¿No podamos tener un bebé?

–Sí...

–Entonces, ¿por qué no me quedo embarazada?

Raoul reaccionó mal. Empezaba a estar cansado de sus berrinches y sus gritos.

–¡Tal vez, porque estás constantemente de los nervios! Relájate un poco, por favor... Olvídalo durante un minuto. Deja de convertirlo todo en un problema. Deja de obsesionarte con el maldito embarazo.

–¿Cómo te atreves a decir eso? ¡A veces pienso que no tienes corazón!

La declaración de Lara le pareció tan injusta y poco razonable que Raoul soltó lo primero que se le pasó por la cabeza:

–Ni siquiera sabía que te interesara mi corazón. Pensaba que solo te interesaba otra cosa.

Raoul se arrepintió de haber insinuado que aquella mujer increíblemente deseable lo trataba como si fuera un objeto sexual. Muchos hombres se habrían reído de él por quejarse de algo así, pero tenía un buen motivo para ello: se había empezado a preguntar si Lara, que se mostraba insaciable en la cama, lo deseaba de verdad o solo lo estaba utilizando para tener el niño que quería.

–¡Serás canalla...! ¡Cualquiera diría que te alegras de mi fracaso! –exclamó ella.

Raoul guardó silencio. Sabía que, si decía algo más, se metería en un campo de minas del que le costaría salir; así que dio la discusión por terminada y se apartó de la puerta para que Lara pudiera interpretar una de sus salidas dramáticas.

Una salida que estropeó en gran parte segundos después, cuando tuvo que volver a la habitación para ponerse los zapatos, que se había olvidado.

La fiesta ya estaba bastante avanzada cuando Raoul se acercó a su mujer, que estaba bailando con uno de los invitados.

–¿Me concedes este baile? –preguntó.

El hombre que estaba con ella se marchó de inmediato, pero Lara no parecía dispuesta a facilitarle las cosas.

–Ya no me apetece bailar.

–Me da igual lo que te apetezca. Esta vez no importa lo que tú quieras, sino lo que quiero yo.

Raoul la tomó entre sus brazos y se empezó a mover con ella. Era un bailarín excelente, y Lara no se pudo resistir ni al placer de bailar con él ni a la cadencia lenta y sexy de la música. De hecho, estaba tan concentrada que no adivinó sus verdaderas intenciones hasta que la sacó de la sala de baile y le quitó la máscara que se había puesto.

–Dios mío, eres preciosa...

Lara se estremeció al sentir el contacto de sus labios, que la besaron brevemente.

–¿Qué haces? –acertó a decir–. La gente nos está mirando...

–¿Es que un marido no puede besar a su esposa?

–Sí, pero...

–Además, me estaba poniendo celoso al verte bailando con todos esos hombres.

Lara lo miró con sorpresa. ¿Celoso? ¿Cómo podía estar celoso, si teóricamente no la amaba? ¿Estaría hablando en serio?

–¿Crees que estaba coqueteando? –preguntó–. No tienes muy buena opinión de mí...

–Te equivocas. Pero estoy cansado de que me trates como si fuera el enemigo. Últimamente, el único sitio donde no discutimos es en la cama... Ni yo te hago feliz ni tú me haces feliz a mí.

Ella respiró hondo e intentó sobreponerse a la angustia que había atenazado su corazón.

–¿Qué me intentas decir? ¿Que quieres el divorcio? Porque, si se trata de eso, podrías haber elegido un lugar menos público.

–Este no es un lugar público. Es mi hogar.

–Ah, estás enfadado porque no querías que celebrá-ramos esta fiesta...

–Lara, yo...

–Lo siento, Raoul. Lo sabía desde el principio, pero necesitaba hacer algo... Algo que pudiera controlar y que ocupara mis pensamientos. Por mucho que lo in-tente, no consigo olvidar lo que pasó. Me acuerdo del hijo que perdimos y...

–Lo sé, *cara* –dijo con dulzura–. Pero hay que pasar página y seguir adelante. A fin de cuentas, los dos que-remos lo mismo.

–¿Lo queremos?

–Sí, por supuesto que sí. Y no tengo la menor inten-ción de divorciarme de ti –afirmó–. Sin embargo, ¿no crees que deberíamos olvidarnos un rato de nuestros problemas? No tiene sentido que nos obsesionemos con el embarazo. No podemos permitir que eso determine toda nuestra relación.

Ella asintió. Sabía que Raoul estaba en lo cierto. Pero, a pesar de ello, le faltó poco para decir que estaba obsesionada con tener un bebé porque ese era el único motivo de que siguieran juntos.

–Sí, supongo que tienes razón –dijo.

Raoul sonrió.

–¿Tienes que volver a la fiesta? ¿O ya has terminado con tu papel de anfitriona?

–Bueno, no queda mucho por hacer...

–Entonces, ¿qué te parece si nos escapamos y orga-nizamos una pequeña fiesta personal? –preguntó.

–Me parece perfecto.

Capítulo 13

CHARLES dice que la cosecha de este año será muy buena, y que dará buenos vinos. También dice que ya no necesita un ayudante nuevo, porque tú trabajas tanto que tiene toda la ayuda que puede necesitar. ¿Quieres que te ponga en plantilla?

–No estaría mal –respondió Lara con humor.

Acababan de llegar de un paseo por los viñedos, y Lara se giró hacia la escasa brisa que entraba por la ventana; pero Raoul se había abierto la camisa, y la visión de su piel morena y de los tensos músculos de su estómago no contribuyeron precisamente a refrescarla. Pero aún fue peor cuando, un momento después, él alcanzó una botella de agua y se la echó por encima. Las hormonas de Lara se volvieron locas.

–¿Ves aquel árbol? –dijo él, señalándolo con un dedo–. Éramos unos niños cuando Jamie y yo grabamos nuestros nombres en el tronco. Recuerdo que se hizo un corte en la mano porque yo lo estaba empujando para ver cómo lo hacía...

Raoul se quedó en silencio durante unos segundos. Y luego, cambió radicalmente de conversación.

–Tendré que viajar mucho a Nueva York durante los próximos meses.

–¿A Nueva York? ¿Por qué?

–Porque quiero vender el bufete de abogados que tenemos allí. Y, aunque puedo delegar parte del trabajo, tengo que ir para asegurarme de que se cumplen los acuerdos.

–Bueno, a mí no me importa viajar...

–A mí, tampoco. Pero se me ha ocurrido algo mejor.

–¿Qué?

–Que nos mudemos temporalmente allí. Tengo una casa.

–¿Quieres que me vaya contigo? –preguntó, sorprendida.

–Sería como tomarnos unas vacaciones largas. Necesitamos un cambio y, por otra parte, tengo entendido que en Nueva York está el mejor especialista del mundo en fertilización in vitro –contestó.

–¿Qué me estás diciendo, Raoul?

–Que, si quieres, podríamos oír lo que tenga que decir... Aunque yo sigo pensando que es pronto para tomar ese camino.

A ella se le hizo un nudo en la garganta.

–¿Serías capaz de hacer eso por mí?

–Bueno, solo será una cita con un médico. No te entusiasmes demasiado.

Ella lo miró con una gran sonrisa y, tras arrojarse a sus brazos, preguntó:

–¿Cuándo nos vamos?

Llevaban dos meses en Nueva York cuando, por fin, les dieron cita en la consulta del especialista. Pero Raoul tenía trabajo, así que no la pudo acompañar. Y, cuando volvió a casa, descubrió que Lara estaba exactamente donde la había dejado por la mañana, sentada en una silla, y con el mismo camisón que llevaba puesto entonces.

–¿Qué ha pasado?

–Lily me ha llamado por teléfono –contestó, muy seria–. Es Emmy... Está en el hospital.

–¿Es grave?

Lara asintió.

–Mucho. Es posible que muera... Por lo visto, lleva enferma una temporada. Y Lily no me había dicho nada.

–Oh, *cara*...

Raoul se arrodilló ante ella y la abrazó.

–Tomaremos un avión mañana mismo. Y dile a tu hermana que, si necesita dinero para el tratamiento médico, se lo pagaremos nosotros.

–No, Lily no quiere que vaya. Si yo estuviera en su lugar, tampoco querría. Y, de todas formas, no necesita nuestra ayuda... Ben está forrado.

–¿Quién es Ben?

–Ben Warrender, el padre de Emily Rose –contestó–. Aún no lo puedo creer... Es un viejo conocido de mi familia...

–¿Y qué ha pasado con la cita? ¿La has cancelado?

–¿Cita? ¿Qué cita?

–La cita con el doctor Carlyle...

–Oh, vaya... me olvidé por completo.

–No te preocupes. Lo llamaré ahora mismo y le pediré que te vea otro día.

Raoul cumplió su palabra y, tras una corta conversación telefónica, volvió con ella.

–Ya está arreglado.

—Gracias —dijo ella—. No sé en qué estaba pensando...
¡Me siento tan impotente...! No quiero ni imaginar
cómo se sentirá Lily si llega a perder a su hija.

—Pero te lo imaginas de sobra. Tú también perdiste
un hijo.

—No, eso no es lo mismo...

Raoul la miró con afecto y le ofreció una mano.

—Anda, ven conmigo. Tienes que dormir. Pareces
cansada.

Tras un momento de duda, Lara aceptó su mano y lo
acompañó al dormitorio, donde se quedó mirando la
cama.

—¿Puedes hacerme el amor, Raoul? Necesito un
poco de sexo...

Raoul la tumbó, la cubrió de besos y, sin pronunciar
palabra alguna, la desnudó y se despojó de su ropa. Fue
una noche muy especial; una experiencia única, con tal
combinación de pasión y ternura que Lara derramó lágrimas de felicidad cuando llegaron al orgasmo.

Después, él la abrazó por detrás y ella se empezó a
quedar dormida. Se sentía segura y amada. Aunque, en
el fondo, seguía pensando que aquello era una simple
ilusión.

Lily se decidió por fin a llamar a su hermana. Y cuando
llamó, estaba llorando. Pero lloraba de alegría, porque
los médicos le habían dicho que Emily se iba a recuperar.

Lara se puso tan contenta que, para celebrarlo, decidió ir de compras y preparar una cena a Raoul. Desgraciadamente, compró más cosas de las que podía cargar

y, como no encontraba un taxi, decidió sentarse en una terraza y descansar un poco mientras degustaba un café y un bollito con pasas.

Acababa de pegar un bocado al bollito cuando vio algo que la dejó sin aliento: su marido estaba en la entrada de un hotel, besando a Naomi.

Indignada, se levantó de la silla y sacó unos cuantos billetes para pagar.

–¿Señora? Se olvida sus bolsas... –dijo el camarero.

–Quédeselas.

Lara cruzó la calle y se dirigió al hotel a toda prisa. Tan deprisa, que estuvo a punto de llevarse por delante a Naomi.

–¡Lara! –dijo Raoul, sorprendido.

–No, no, ya hablaré contigo después... –Lara se giró hacia la morena–. Mira, no sé que problema tienes y, francamente, no me interesa. ¡Pero deja a mi marido en paz!

–Yo...

–¡No te metas nunca con una pelirroja!

Lara tragó saliva y miró a Raoul.

–En cuanto a ti, no deberías besar a otras mujeres cuando tu esposa está delante.

Raoul frunció el ceño.

–No soy yo quien la estaba besando, Lara. Ha sido ella, y contra mi voluntad.

–¿Cómo?

–Se va a divorciar, y ha pensado equivocadamente que yo estaba interesado en ella. Pero no lo estoy, Naomi –dijo, mirando a su amiga–. No quiero tener una relación contigo. Y, por supuesto, no estoy enamorado de ti.

Lara se sentía fatal por haber dudado de él; hasta el punto de que ni siquiera registró la huida de Naomi, que se marchó sin decir nada. Sin embargo, el incidente cambió algo en su interior y, al cabo de unos segundos, se sorprendió diciendo:

—Sé que no quieres oír esto, pero lo vas a oír de todas formas. Estoy harta de fingir, Raoul. Te amo, y no lo puedo evitar. Si tú no me amas, prefiero que me lo digas ahora.

Raoul la miró a los ojos. Quería decir que la amaba. Lo quería de verdad. Pero llevaba tanto tiempo encerrado en sí mismo, temeroso de abrir su corazón a otra mujer, que no fue capaz de pronunciar las palabras.

—Muy bien —dijo ella—. Como quieras.

Lara dio media vuelta y se alejó.

Raoul tuvo que echar mano de toda su fuerza de voluntad para no seguirla. Seguía convencido de que su relación no podía salir bien. Seguía convencido de que era incapaz de devolver el amor que ella le daba.

Lara abrió la puerta del piso, corrió al cuarto de baño y rompió a llorar. Estuvo así un buen rato, hasta que se tranquilizó lo suficiente para hacer las maletas y escribir una nota a Raoul. Una nota de lo más escueta, donde solo decía que se iba a casa y que no intentara ponerse en contacto con ella.

Al llegar al aeropuerto, compró un billete a Londres. El avión salió sin retraso, y pocas horas después, se encontraba en un hotel de la capital británica que no era precisamente lujoso, aunque tenía todo lo que necesitaba.

Si hubiera sido un perro, se habría acurrucado a lamerse las heridas. Pero no era un perro y, por otra parte, sabía que ese tipo de heridas no se curaban con tanta facilidad.

Estuvo tres días en la habitación de aquel hotel, sufriendo accesos alternativos de furia y de victimismo a raudales. Y, al tercer día, se dio cuenta de que sus náuseas y vómitos no tenían nada que ver con su estado emocional.

Pero no era posible. La vida no podía ser tan injusta. ¿O sí?

Lara se quedó dormida, llevando el mismo vestido rojo que llevaba cuando conoció a Raoul. Ni siquiera sabía por qué lo había metido en la maleta cuando viajaron a Nueva York. Probablemente, por simple y puro sentimentalismo.

Cuando despertó, decidió ir a una farmacia para comprar un test de embarazo. Necesitaba salir de dudas, y lo necesitaba con tanta urgencia que no se molestó ni en cambiarse de ropa. Pero le dolía la cabeza y, antes de salir, abrió lo que creyó un bote de analgésicos.

Ya se había tomado una pastilla cuando cayó en la cuenta de que no eran analgésicos, sino los antihistamínicos que tomaba para la alergia. Aparentemente, el destino se estaba burlando de ella. Y aún no se había cansado de burlarse, como tuvo ocasión de comprobar minutos más tarde.

Los resultados del test no dejaban lugar a dudas: se había quedado embarazada. Incapaz de asumirlo, se dirigió a otra farmacia, compró otra prueba y la repitió. Con el mismo y desesperante resultado.

Lara regresó al hotel con una sensación de *déjà vu* tan amarga que casi no lo podía soportar. Al entrar en el vestíbulo, se cruzó con los invitados de una boda, que salían en ese momento de uno de los salones. Y, de repente, uno de ellos tropezó y le derramó una copa de champán en el vestido.

–Oh, lo siento mucho...

–No se preocupe, no es nada.

El hombre, que llevaba una botella en la otra mano, rellenó la copa y dijo:

–Tenga, beba un poco. Es lo mínimo que puedo hacer...

Lara aceptó el ofrecimiento porque era más fácil y rápido que negarse; pero se arrepintió al cabo de unos momentos, al sentirse extrañamente mareada. ¿Qué le estaba pasando?

–Oh, no, los antihistamínicos...

Lo había olvidado por completo. Se había tomado uno por equivocación y, al mezclarlo con el alcohol, había potenciado el efecto de este.

Aún se estaba maldiciendo a sí misma por ser tan descuidada cuando vio a Ben Warrender, el padre de la hija de Lily, en la entrada del hotel. Pero, a diferencia de Raoul, no estaba besando a ninguna morena.

Aliviada, caminó hacia él haciendo eses. Y lo último que vio antes de perder el conocimiento fue su mirada de espanto.

Capítulo 14

LILY se horrorizó cuando abrió los ojos y se encontró delante de su hermana, que estaba cantando una canción como si fuera la mujer más feliz del mundo.

–Nunca has cantado bien... –acertó a decir.

–Ah, veo que ya te has despertado...

–Tienes harina en la nariz. ¿Has estado cocinando?

–Sí, estaba preparando una tarta. La pastelería se ha puesto de moda, y yo intento estar a la última –bromeó.

Lara echó un vistazo a su alrededor y dijo, avergonzada:

–Siento mucho lo que ha pasado. ¿Está Ben en casa?

Lily sacudió la cabeza.

–No, ha pensado que queríamos estar a solas y se ha llevado a Emily al parque.

–Querrás decir que ha huido de la chalada de su cuñada... –dijo Lara, arqueando una ceja–. No estaba borracha, ¿sabes? No me tomé ni media copa de champán, pero me había tomado un antihistamínico y...

–No tienes que darme explicaciones, Lara. Y, por cierto, no te preocupes por tus cosas... Ben irá a buscarlas al hotel –dijo–. Pero ¿cómo es posible que llevaras tres días en Londres y no me dijeras nada?

–Necesitaba tiempo para pensar. Además, ni siquiera estaba segura de que quisieras verme... tenía celos de ti.

Lily asintió.

—Sí, ya me lo imaginaba. Pero ¿por qué no me dijiste lo del bebé? Si me lo hubieras contado...

—¿Cómo te has enterado? —preguntó Lara, boquiabierta—. ¿Te lo ha dicho Raoul?

—No, me lo dijiste tú misma, anoche. Dijiste muchas cosas, aunque estoy segura de que no te acuerdas.

—Oh, no... Lo que me faltaba. ¿Qué más puede salir mal?

—Bueno, ahora que lo dices... Tu vestido rojo estaba tan manchado que lo he tirado a la basura. Espero que no te importe.

Lara pensó que eso era lo de menos. A fin de cuentas, su vida también había terminado en la basura.

—Ni siquiera sé por qué me lo puse... Será porque lo llevaba el día que conocí a Raoul —le confesó—. Dios mío, Lily, he sido tan estúpida... Le dije que estaba enamorada de él. Ya no podía seguir fingiendo.

—¿Sabe Raoul que estás embarazada?

Lara parpadeó, perpleja.

—No me mires así, que no soy adivina. También me lo dijiste anoche... —dijo su hermana—. Pero, aún no has contestado a mi pregunta. ¿Lo sabe?

—No.

—¿Por qué? ¿Crees que saldría corriendo si se lo dijeras?

—Sinceramente, no me extrañaría.

—Pues a mí, sí. No conozco toda la historia, pero lo he visto contigo y te mira como si fueras la niña de sus ojos. ¿Estás segura de que no te ama?

–Solo estábamos interpretando un papel, Lily. Pero, desgraciadamente, yo me lo tomé demasiado en serio... Quizá te parezca una locura, pero me enamoré de él como una tonta.

–No me parece ninguna locura.

–Si no me hubiera quedado embarazada, nos habríamos divorciado tras la muerte de su abuelo. Era lo que habíamos acordado –le explicó–. Pero me quedé embarazada y, más tarde, cuando perdí el bebé...

–¿Por qué no me lo dijiste?

Lara sonrió con tristeza.

–No podía... Tú ibas a tener un niño... y, además, aunque me avergüence reconocerlo, sentía celos de ti.

–Ay, Lara...

–No sé qué hacer, Lily. Estoy loca por Raoul, pero creo que solo seguía conmigo porque se sentía culpable. Es un hombre con un gran sentido del deber, y muy protector. Pero, por mucho que lo quiera, no puedo vivir con un hombre que no me ama.

–Yo tampoco podría.

Lara abrazó a su hermana y añadió en voz baja:

–Me alegro mucho de que estés con Ben. Has sufrido mucho, y mereces ser feliz. Hasta Raoul merece ser feliz.

–Deberías decirle lo del bebé.

–Lo sé, Lily.

Durante los días siguientes a la marcha de Lara, Raoul no hizo otra cosa que dar vueltas y más vueltas a lo sucedido. Al principio, creyó que estaba enfadado con ella porque había dicho algo que cambiaba radicalmente la situación: que se había enamorado de él. Pero luego se dio cuenta de que el motivo real de su enfado no era ese, sino su propia cobardía por no haber sido capaz de decirle que la amaba.

¿Cómo era posible que fuera tan débil? Lara había sido su tabla de salvación. Le había devuelto la alegría, y él había permitido que se marchara. Sin embargo, aún no era tarde para corregir el error, así que voló a Londres y la empezó a buscar.

Fueron tres días de pesadilla. Nadie sabía nada de ella, y él estaba tan agotado como si hubiera envejecido diez años de golpe. Pero, por fin, consiguió la dirección de su hermana. Y se subió a un taxi con la esperanza de encontrarla allí.

—¿Está seguro de que esta es la casa? —preguntó al taxista cuando se detuvo en una calle llena de árboles.

—Completamente, señor.

Raoul bajó del vehículo y llamó al timbre de la puerta. Le abrió Lily, y como era idéntica a su hermana, él se quedó momentáneamente atónito.

—¿Está aquí? —acertó a preguntar.

—Sí —contestó ella—, pero no se siente muy bien en este momento. Hazme un favor... Trátala con cariño. No quiero que le hagan daño.

—Preferiría matarme antes que hacerle daño.

Lily sonrió y le dejó pasar.

—En ese caso, adelante. Y no lo estropees.

—Te he estado buscando..

Lara se levantó de la silla donde se había sentado como si tuviera un muelle debajo.

—Lo nuestro ha terminado, Raoul —bramó.

—Déjame terminar... Iba a decir que te he estado buscando toda mi vida, aunque no me había dado cuenta. Lucy me dejó marcado y, cuando te conocí, fui tan cobarde y estúpido que no me atreví a asumir lo que sentía. Pero, a decir verdad, te amo desde que te vi por primera vez en aquella calle. No puedo vivir sin ti, Lara... He venido a rogarte que vuelvas conmigo. Sé que soy un egoísta, un canalla, un...

Lara no esperó más. Se abalanzó sobre él y lo abrazó con todas sus fuerzas.

—Oh, Raoul, te amo tanto que casi me duele... Pensé que solo me querías para que te diera un hijo, y me obsesioné con ello porque creí que, si no te lo daba, te perdería.

Raoul le puso las manos en la cara y la miró a los ojos con ternura.

—No puedo creer que te dejara marchar. No puedo creer que haya sido tan tonto como para pensar que estaría mejor solo y sin amor. Dios mío, Lara... ¿Sabes cómo me sentí cuando volví al piso de Nueva York y vi que te habías ido? No me vuelvas a hacer una cosa así... Si supieras las cosas que he llegado a imaginar...

—Sí, también ha sido terrible para mí —le confesó—. Y me sentí peor cuando vi los resultados de mi prueba de embarazo...

—¿De tu prueba de embarazo?

—No lo supe hasta ayer. Estoy esperando un niño.

Raoul la miró con verdadero júbilo.

—¡Maravilloso! —exclamó, cubriéndola de besos—. ¡Todo es maravilloso! ¡Tú eres maravillosa! Pero no te preocupes, por favor... Esta vez va a salir bien. Esta vez...

Lara le puso un dedo en los labios para que dejara de hablar.

—No estoy preocupada. ¿Y sabes por qué? Porque estoy contigo.

Justo entonces, se abrió la puerta. Pero Lara y Raoul estaban tan ocupados besándose que ni siquiera lo notaron. Era Lily, que se detuvo en la entrada y cerró el paso a Ben.

—Será mejor que volvamos más tarde —susurró.

—¿Por qué? —preguntó él.

—Porque Lara está aquí.

—No me digas que ha vuelto a emborracharse...

—No, tonto, no está borracha. Solo está enamorada.

**Había huido después de su boda...
ya casada y aún virgen**

Laine había esperado a su
guapísimo marido en la noche de bodas... Pero Da-
niel no la amaba; solo se
había casado con ella para
cumplir la promesa de cui-
darla.

Dos años después, sin di-
nero y muy vulnerable, Laine tenía que enfrentarse
de nuevo a Daniel. Pero
esa vez él tenía intención
de tener la noche de bodas
que deberían haber com-
partido entonces. No que-
ría una esposa... solo quería acostarse con Laine.

BODAS DE HIEL
SARA CRAVEN

Acepte 2 de nuestras mejores novelas de amor GRATIS

¡Y reciba un regalo sorpresa!

Oferta especial de tiempo limitado

Rellene el cupón y envíelo a

Harlequin Reader Service®
3010 Walden Ave.
P.O. Box 1867
Buffalo, N.Y. 14240-1867

¡Si! Por favor, envíenme 2 novelas de amor de Harlequin (1 Bianca® y 1 Deseo®) gratis, más el regalo sorpresa. Luego remítanme 4 novelas nuevas todos los meses, las cuales recibiré mucho antes de que aparezcan en librerías, y factúrenme al bajo precio de $3,24 cada una, más $0,25 por envío e impuesto de ventas, si corresponde*. Este es el precio total, y es un ahorro de casi el 20% sobre el precio de portada. !Una oferta excelente! Entiendo que el hecho de aceptar estos libros y el regalo no me obliga en forma alguna a la compra de libros adicionales. Y también que puedo devolver cualquier envío y cancelar en cualquier momento. Aún si decido no comprar ningún otro libro de Harlequin, los 2 libros gratis y el regalo sorpresa son míos para siempre.

416 LBN DU7N

Nombre y apellido	(Por favor, letra de molde)

Dirección	Apartamento No.

Ciudad	Estado	Zona postal

Esta oferta se limita a un pedido por hogar y no está disponible para los subscriptores actuales de Deseo® y Bianca®.

*Los términos y precios quedan sujetos a cambios sin aviso previo.
Impuestos de ventas aplican en N.Y.

SPN-03   ©2003 Harlequin Enterprises Limited

Rompiendo todas las normas

Brenda Jackson

La primera norma de Bailey Westmoreland era no enamorarse nunca de un hombre que te llevara lejos de tu hogar. Entonces… ¿por qué se fue a Alaska detrás de Walker Rafferty? Bailey le debía una disculpa al atractivo y solitario ranchero y, una vez en Alaska, su deber era quedarse y cuidarle hasta que se recuperara de sus heridas.

Pero no pasó mucho tiempo hasta que Bailey comprendió que su hogar estaba donde estuviera Walker, siempre que él estuviera dispuesto a recibir todo lo que tenía que ofrecerle.

¿Sería capaz de romper sus propias normas?

Bianca

No quería casarse con él...
pero necesitaba su ayuda

Xandro Caramanis quería una esposa. La candidata debía ser de buena familia y debía estar dispuesta a compartir su cama para darle un heredero. Además, debía aceptar un matrimonio sin amor.

Ilana Girard era una hermosa joven de la alta sociedad con reputación de ser una princesa de hielo. Ella, mejor que nadie, entendería las condiciones de aquella relación.

Pero Ilana aceptó la proposición de Xandro porque necesitaba protección para defenderse del pasado. Lo que él no sabía era que no era una mujer fría y sofisticada, sino una joven tímida y asustada...

AMOR PROTECTOR
HELEN BIANCHIN